텀블러 장편소설

FUSION FANTASTIC STORY

현대 천마록 9

텀블러 장편소설

초판 1쇄 찍은 날 § 2017년 2월 23일
초판 1쇄 펴낸 날 § 2017년 3월 2일

지은이 § 텀블러
펴낸이 § 서경석

편집책임 § 최지원

펴낸곳 § 도서출판 청어람
등록번호 § 제387-1999-000006호
등록일자 § 1999. 5. 31
어람번호 § 제1-2641호

주소 § 경기도 부천시 부일로 483번길 40 서경B/D 3F (우) 14640
전화 § 032-656-4452 팩스 § 032-656-4453
http://www.chungeoram.com
E-mail § chungeorambook@daum.net

ISBN 979-11-04-91222-1 04810
ISBN 979-11-04-90912-2 (세트)

텀블러 장편소설

FUSION FANTASTIC STORY

현대 천마록

9

도서출판 청어람

차례

C O N T E N T S

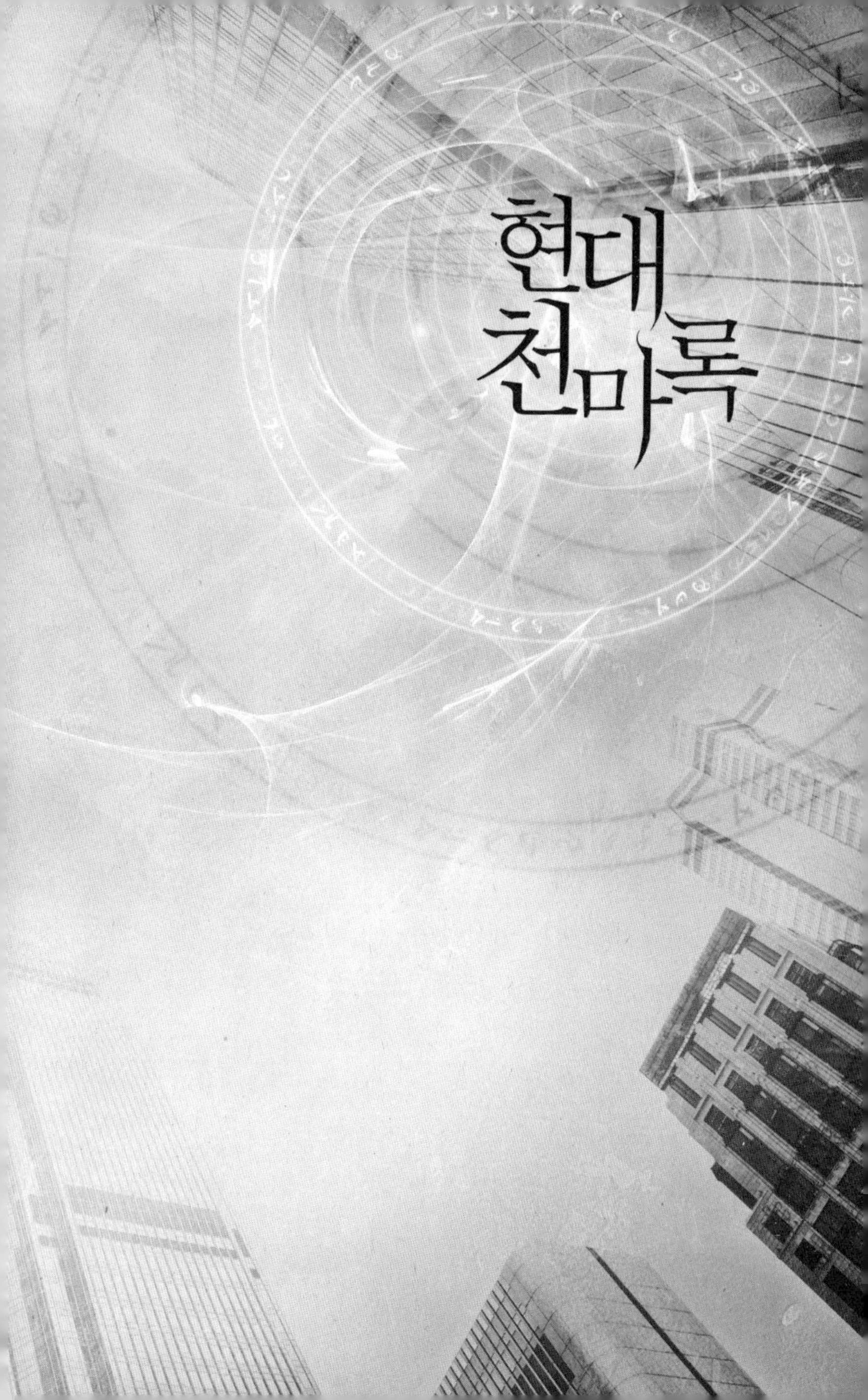
현대
천마록

했다.

카구라는 [illegible] 위해 [illegible] 흘려 넣은 후, [illegible] 잡아서

서의 앞에 [illegible] 있다.

"부르릉……"

붉은빛이 도는 광기를 받은 가브리엘은 빠르게 안정을 찾아

나갔다.

"후우……"

"일단은 한 고비 넘겼어."

"도대체 뭘 어떻게 한 거야?"

"설명하자면 복잡하지만 확실한 것은, 이제 [illegible] 문제의 [illegible]

[illegible] 이 아니라 그저 시간을 버는 것뿐이라는 거지."

[illegible]

제1장
투명인간 18호

"인내심을 가지고 움직이자. 조급해선 일을 그르칠 뿐이니까."

"예, 대장님."

강유는 동료들과 함께 천천히 제3 구역으로 향했다.

* * *

휘이잉……!

바람이 불어오는 발전소 제3 구역에 투명인간들이 페인트를 묻힌 채 걸어 다니고 있다.

철컹, 철컹!

그 모습을 숨죽여 지켜보는 이가 있다.

"저놈들, 아무래도 정말 소리가 안 들리면 어찌할 도리가 없는 건가?"

"그러게 말입니다. 저 안에 탑승한 것은 분명 인간이라고 했는데, 어떻게 된 것일까요?"

"글쎄. 자세한 것은 모르겠지만 한 명 잡아서 족쳐보면 알게 되겠지."

강유는 창고 지붕에서 조용히 대기하고 있다가 한 번에 날아서 적의 뒤통수에 내려앉기로 했다.

그는 날아가기 전, 동료들에게 숨을 죽일 것을 신신당부하

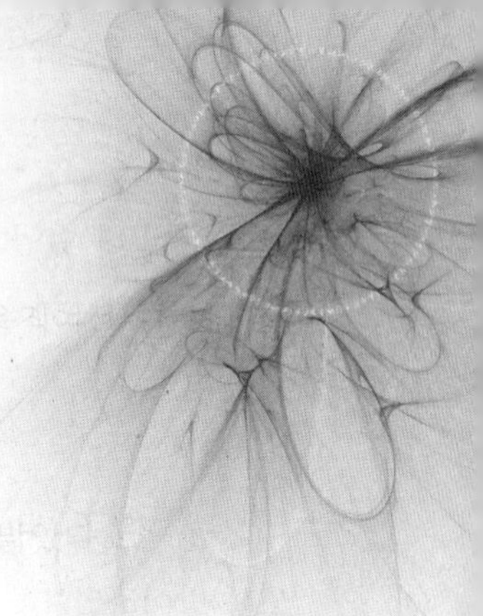

레일을 따라 달리던 기차가 멈추고 난 후, 천장에서부터 칼질이 시작되었다.

끼익, 끼익……!

마치 거대한 쇠톱으로 무쇠판을 자르는 듯한 소리가 들리면서 동그란 원이 생겨났다.

화수는 레이시스를 바라보며 외쳤다.

"레이시스, 막아야 해!"

"물론!"

천장에 뚫리는 구멍 안에는 막대기 하나가 간신히 들어갈 만한 홈이 나 있었다.

레이시스는 기차의 철봉을 떼어낸 후에 그것을 홈에 끼워 넣었다.

철컥!

그는 철봉을 두 발로 꽉 밀어 놈이 안으로 들어오지 못하도록 방어하였다.

쿵, 쿵!

"…이놈들, 힘이 장난이 아닌데?! 허리가 끊어질 것 같아!"

"젠장!"

화수는 열 적외선 센서를 통하여 적의 위치를 파악하려 하였다.

그러나 열 적외선으로는 그들의 위치를 파악할 수 없었다.

"이 자식들은 생명체가 아닌가?! 열 적외선으로도 감지할 수가 없어?!"

"그럼 어쩝니까?! 보이지도 않는 놈들과 싸울 수는 없는 노릇 아닙니까?!"

레이시스는 자신의 방어선을 두드리는 적들과 싸우느라 다리가 부러질 지경이다.

쾅, 쾅!

"으으윽! 뭔가 좀 해봐! 이러다가 죽겠어!"

"잠깐, 생각을 좀……."

바로 그때, 레이시스의 가랑이 사이로 뭔가 투명한 물체가 쑤욱 밀고 들어온다.

챙!

"허, 허억! 검이다!"

"잘못하면 가랑이가 쓸리겠어!"

"이런 씨발! 가랑이가 쓸리면 그냥 죽느니만 못한 거잖아! 어서, 어서!"

레이시스 역시 남자이기 때문에 가랑이가 찢어진 채로 살아간다는 것은 있을 수 없는 일이었다.

화수는 자신이 가진 지도를 펼쳤다.

지도에는 수많은 거점들이 표시되어 있었지만 현재로서 그들에게 필요한 장비가 있는 곳을 찾기란 쉽지 않았다.

하지만 레이시스의 비명에 화수의 눈이 확 돌아갔다.

서걱, 서걱!

"헉! 이제 조금만 더 있으면 내 거시기 썰리겠어!"

"알았어!"

화수는 수많은 거점들 중에서 한 곳을 지목하였다.

"제5 창고로 가자! 이곳의 방호벽이 발전소에서 가장 두껍대!"

"오케이! 그런데 어떻게 도망을 친담?!"

화수는 티타늄 대검을 뽑아 들었다.

챙!

그는 기차의 옆구리를 두들기고 있는 투명인간들을 가리키며 말했다.

"옆구리다. 내가 옆구리를 뚫고 지나가면 그곳을 따라서 미친 듯이 달리는 거야. 할 수 있겠어?"

"오케이!"

화수는 대검에 진기를 불어넣었다.

스스스스스……!

이제 이 대검은 그 어떤 화공 무기보다 더 강력한 폭발을 일으키게 될 것이었다.

"모두 눈 꼭 감아!"

그는 자신을 막고 있는 기차의 출입문에 대검을 힘껏 집어던졌다.

퍼억!

대검이 출입문을 뚫고 지나가는 순간, 그 안에 내재되어 있던 진기가 빠르게 검신을 달구기 시작한다.

그 순간은 채 백 분의 1초도 되지 않았기 때문에 출입문에 대검이 박혔던 것은 그 누구도 인지할 수가 없었다.

이윽고 대검이 문을 뚫고 지나간 후에 건곤일식의 압도적인 폭발력이 원격으로 전개되었다.

"파……!"

콰아아아앙!

옆구리에서 거의 네이팜탄과 비슷한 정도의 폭발이 일어나 기차 옆구리에 붙어 있던 투명인간들이 대거 떨어져 나갔다.

화르르르르륵!

동그란 원을 그리면서 폭발한 건곤일식 덕분에 기차의 주변은 잠시 소강상태로 접어들었다.

화수는 이때를 노렸다.

그는 소림의 철금강을 전개하여 몸을 단단하고 무겁게 만들었다.

“허엽!”

쿵!

무게로 따지자면 거의 50톤에 달하는 화수의 몸통이 문을 들이받자마자 철판이 종이처럼 구겨지며 길이 생겨났다.

그는 철금강을 유지하면서 동료들을 불러 모았다.

“가자! 저놈들이 언제 또 따라올지 몰라!”

“오케이!”

레이시스는 자리에서 벌떡 일어나 자신이 들고 있던 무기들을 주워 들었다.

철컥!

“달려! 뒤는 내가 본다!”

“오케이!”

동료들이 전부 빠져나간 후, 레이시스는 천장에서 공격하던 투명인간들과 마주하였다.

꾸끼께께께께깩

"이 새끼가 지금 뭐라고 지껄이는 거야?"

정확한 형상을 볼 수는 없었지만 총알이 일자로 날아가게 되면 놈들에게 맞을 것이라는 확신이 있었다.

레이시스는 총구를 돌려 놈들의 머리로 생각되는 부분에 발사하였다.

두두두두두두두!

하지만 어처구니없게도 그의 총알은 닿자마자 처참하게 구겨져 아래로 떨어져 내렸다.

까가가가가강!

"허, 허억! 총알이 안 먹혀?!"

"레이시스, 그만 쏘고 따라와! 잘못하면 잡혀 죽을지도 몰라!"

"젠장, 그래야 할 것 같군!"

동료들의 뒤를 봐주려던 레이시스가 공격에 실패한 후에 곧장 화수를 따라 달리기 시작한다.

파밧!

꽤 민첩한 레이시스의 달리기였지만 그의 뒤를 바짝 쫓아오는 투명인간들의 보이지 않는 위용이 대단했다.

—으허어어! 잡아라!

"인간의 언어를 사용했어?"

"주민들의 제보에 따르면 저놈들이 인간이라고 했잖아? 그 인간이라는 것이 그냥 형상만 인간인 줄 알았는데, 이제 보니 진짜 사람을 두고 하는 소리였던 것인가?"

"하지만 몬스터 중에는 인간의 언어를 쓰는 놈들도 종종 있잖아?"

"뭐, 그렇긴 하지만 이번에는 좀 달라. 기차를 두드리는 그 전략 전술과 공포감을 자극하는 심리전까지, 저놈들은 분명 사람의 그것을 가지고 있어."

"흠……."

레이시스는 화수에게 미친 듯이 내달리며 나눌 얘기라고 하기엔 조금 무리가 있다는 것을 피력한다.

"부연 설명은 나중에 듣도록 하지!"

"오케이!"

김재성 소령이 레이시스에게 외쳤다.

"레이시스 옆으로 살짝만 비켜봐! 내가 길을 뚫어줄게!"

"알았다!"

그는 멀티플 런쳐의 레이저 라이플 모드를 활성화시켰다.

우우우우우웅……!

대략 2초 후에 충전이 끝난 레이저 라이플이 길고 두꺼운

빛의 기둥을 뿜어냈다.

"사격 개시!"

피융…….

끼이이이이잉!

일자로 쭉 뻗어나간 레이저 라이플이 레이시스를 잡아채기 위해 달리던 한 무리의 투명인간들을 깡그리 정리해 버렸다.

화르르륵!

끄이에에엑!

"좋아! 명중이다!"

"훗, 아직 멀었어!"

그는 멀티플 런쳐의 기능 중에서 초소형 유도미사일 기능으로 모드를 바꾸었다.

위잉, 철컥!

한 발에 무려 20개의 탄환이 발사되어 그것이 2차 폭발을 일으키는 초소형 유도미사일은 파괴력이 가히 압권이라 할 수 있었다.

핑핑핑……!

고도를 높게 잡고 유도미사일을 발사한 김재성은 런쳐의 방아쇠 옆에 달린 2차 폭발 버튼으로 폭발 시기를 잡았다.

발사 2초 후, 탄환이 적당한 고도까지 올라간 후에서야 그가 폭발 버튼을 눌렀다.

콰아앙!

1차 폭발로 후폭풍이 몰아쳐 한 무리의 투명인간이 떨어져 나갔고 그 이후에 소형 미사일 안에 내재되어 있던 유도탄이 아래로 떨어져 내렸다.

핑핑핑핑!

한 발에 55개의 파편이 들어 있는 미사일은 거의 중대급 병력을 상대할 수 있는 화력을 가지고 있다.

한마디로 이 초소형 미사일 한 발이면 대대급 병력을 상대해도 전혀 문제가 없다는 소리였다.

한바탕 폭풍이 훑고 지나간 자리에는 잔불 말고는 남는 것이 없어 보였다.

"전멸인가?"

"후후, 소가 뒷걸음질 치다가 쥐를 잡은 격이로군?"

잠시 달리기를 멈춘 일행들이 폭발이 일어났던 자리를 바라보았다.

휘이이잉……!

다소 황량한 바람이 불자, 그 자리에 있던 잿더미들이 바람과 함께 날렸다.

잿더미들은 바닥에 누워 있던 투명인간들에게 닿아 서서히 형상을 만들어 나갔다.

아주 잠깐이지만 그들의 모습이 투영되었다.

후욱, 후욱……!

"덩치가 아주 큰 사람인데? 그냥 인간이잖아?"

"하지만 덩치가 커도 너무 크지. 적어도 3미터는 되겠는데?"

우람한 근육질 몸에 근 3미터는 될 법한 거대한 키는 일반적으로 거인이라 부르는 사람들보다 훨씬 더 위협적이었다.

그런데 놀라운 사실은 그들이 이렇게 얻어맞고도 또다시 털고 일어난다는 것이었다.

끄으응……!

누워 있던 그들의 숫자는 대략 50명, 그러나 흙먼지가 풀풀 날리는 후방에서 그보다 훨씬 더 많은 병력이 달려오고 있었다.

—…잡아라!

"젠장, 도저히 끝이 없군!"

"달려!"

그나마 거리가 상당히 많이 벌려진 상태였기에 붙잡힐 확률은 적겠지만 조금이라도 방심하는 순간엔 머리가 달아날 것이 확실했다.

일행은 목적지를 향해 쉬지 않고 달렸다.

* * *

발전소 내부 제5 창고 안, 일행들은 몹시도 지쳐 있었다.

"허억, 허억! 더럽게 머네!"

"…그나마 안 죽은 것이 다행이야. 저놈들, 끈질기기가 아주 보통이 아니라고."

화수는 창고 안으로 들어오자마자 쉴 시간도 없이 적의 공습에 대비하기 바쁘다.

"지금 쉴 시간이 없어. 창고 안에는 총 20개의 통로가 있다고 나와 있다. 잘못하면 통로를 향해 놈들이 유유히 걸어들어올 수도 있다고."

"그것참 공포 영화보다 더 무서운 얘기로군."

"자자, 움직여! 눈에 보이는 입구란 입구는 모두 걸어 잠그고 그 앞을 단단하게 틀어막는 거다."

"예!"

"오케이!"

야차 중대와 용병단이 일사불란하게 움직여 20개의 통로를 찾아내고 그 앞을 단단하게 틀어막았다.

잠금 기능이 있어서 안정감이 있고 그 앞을 냉장고 등으로 막아놓으니 그나마 좀 안심이 되는 듯했다.

그제야 화수는 팀원들에게 휴식을 명령하였다.

"조금 쉬자고. 하루 종일 시달렸더니 피곤해 죽을 것 같아."

"예, 알겠습니다."

레이시스는 군장에서 초코바 박스를 꺼내어 일행에게 건넸다.

"일단 요기부터 좀 하지. 하루 종일 아무것도 못 먹었잖아?"

"그래, 고맙군."

그는 자신이 조금 희생하더라도 팀원들을 챙기고 리더를 맡은 화수를 보필하기 위하여 최선을 다하고 있었다.

그런 그가 새로운 행정 보급관처럼 느껴지는 야차 중대다.

김예린 중령은 그의 몸에 난 크고 작은 상처들을 치료하기 위하여 메딕킷을 꺼내 들었다.

"상처 좀 봅시다."

"괜찮아. 딱히 상처랄 것도 없는데."

"허벅지와 사타구니에 난 상처는 상처도 아닌가요?"

"그거야……."

"괜히 나중에 피 보지 말고 지금 치료합시다."

그녀는 대검을 꺼내 들었다.

챙!

"여벌의 군복은 있죠?"

"물론이지."

"좋아요. 그럼 찢습니다."

좌라라라락!

말은 안 하고 있었지만 김예린은 레이시스가 놈들에게 허벅지를 몇 번이고 찔렸다는 사실을 알고 있었다.

그녀가 바지를 찢자, 그 안에 숨겨져 있었던 끔찍한 상처들이 모습을 드러냈다.

새까맣게 그을린 상처의 깊이가 워낙 깊었기 때문에 그 안에 자리 잡고 있던 근육들과 뼈까지 모두 육안으로 보였다.

김예린은 그의 허벅지에 정제 알코올을 들이부었다.

쪼르르르륵…….

"으으으으윽!"

"아프죠? 상태가 이런데 치료를 안 하려고 했어요?"

"…그냥 두면 나을 줄 알았지."

"당신이 무슨 도마뱀이에요? 내버려 두면 다시 자라나게?"

그녀가 알코올을 붓고 나니 온전히 상처가 드러났다.

피에 가려져 있어 몰랐지만 아무래도 칼에 찔린 부위가 불에 타버려 복합적인 화상으로 진행한 것 같았다.

"이건 그냥 검에 찔린 정도가 아니라 불에 지져진 겁니다. 이봐요, 레이시스. 검에 찔렸을 때에 무슨 느낌이 들었어요?"

"뜨겁다? 아니지, 아주 강렬한 전기에 몸이 타들어가는 것 같은 느낌이라고 해야 할까?"

"아주 뜨거웠죠?"

"물론."

"그런데 왜 말을 안 했어요?"

"그거야……."

김예린은 이 상처를 보곤 단박에 진단을 내렸다.

"레이저입니다. 놈들은 레이저가 출력되는 검을 가지고 있는 거라고요."

"세상에 그런 물건이 존재하나?"

"라이플을 만들 정도인데 검을 만드는 것이 불가능할 리가 없지요."

"이것 참."

그녀는 주변의 동료들에게 수술 준비를 종용하였다.

"아무튼 이대로 두면 2차 감염의 우려가 있습니다. 일단 불에 탄 자리를 도려내고 상처를 봉합하여 출혈과 공기 접촉을 막아야 합니다. 대장님, 수술이 불가피합니다."

"알겠어. 다들 수술방을 차리자. 이대로 두면 레이시스가 외다리로 살아가야 할 수도 있대."

"예, 대장님. 어서 움직이자고!"

일행들은 너, 나 할 것 없이 수술에 필요한 물품들을 신속하게 조달하여 창고 중앙에 배치하기 시작했다.

사각형 틀에 깨끗한 비닐을 이어 붙여 임시 무균실을 만들고 그 안에 스텐레이스로 된 선반을 위치시켜 수술대를 만들었다.

창고에는 꽤 많은 물품들이 비치되어 있었기 때문에 그 밖에 필수적인 설비들을 놓는데 큰 어려움이 없었다.

무려 10분 만에 차려진 수술방 안으로 손과 팔을 깨끗하게 소독한 김예린과 백성희가 들어섰다.

그 뒤로는 들것에 들린 레이시스가 팀원들에 의해 실려 왔다.

그녀는 백성희와 함께 집기들을 세팅하면서 레이시스에게 말했다.

"지금 우리가 가진 마취제가 별로 없어요. 기껏해야 모르핀 정도? 그나마도 혈압이 떨어지면 안 되기 때문에 많이는 못 줘요. 참을 수 있어요?"

"고환에 철심 박고도 몬스터와 싸웠는데 이 정도야 뭐."

"그래요, 당신은 심장에 칼 꽂고도 싸울 사람이니까 버틸 수 있을 겁니다."

백성희는 간이 맥박 체크기와 단 하나 남은 혈액팩을 수액걸이에 걸었다.

"부중대장님, 혈액이 별로 없어요. 이 안에 끝낼 수 있을까요?"

"해봐야 알죠. 일단 해보는 데까진 해봅시다. 어쨌든 간에 사람은 살리고 봐야 하니까요."

"그럼 혹시 모르니 수혈을 준비하는 것은 어떨까요?"

"으음, 그것도 나쁜 방법은 아니네요."

수술에 들어가기 전, 백성희가 레이시스의 혈액형에 대해 물었다.

"혈액형이 뭐예요?"

"B형. RH+."

"때마침 김재성 중사가 B형이에요. 그의 피를 수혈하면 되겠네요."

"좋아, 그럼 시작합시다."

김예린이 손을 내밀었다.

"메스."

그녀는 백성희가 건넨 메스를 잡고 레이시스에게 물었다.

"재갈이라도 좀 줘요?"

"재갈은 됐고 수술 끝나면 뽀뽀나 좀 해주면 되겠군."

김예린은 실소를 흘렸다.

"보아하니 애초에 필요한 사람은 아니었던 것 같군."

"참을 수 있으니 그냥 하자고."

"알겠어요. 자, 그럼 본격적으로 시작합니다."

그녀는 생으로 괴사한 조직을 떼어내기 시작한다.

서걱…….

그 부위가 상당히 크고 깊었지만 레이시스는 그저 눈을 질끈 감고 버틸 뿐이었다.

상처가 떨어져 나가면서 출혈이 생겼지만 레이시스는 그저 무덤덤하게 넘겼다.

석션기기가 없으니 소독 거즈로 피를 닦아내고 최대한 시야를 확보하는 수밖에 없었다.

상황이 상당히 열악하긴 했지만 달리는 장갑차 안에서도 수술을 하는 두 사람이다.

"석션."

스읍.

"클램프, 모스키토."

상처를 벌리고 떼어낸 괴사 조직들을 밖으로 끄집어내자, 마치 젓갈이 발효되는 듯한 냄새가 조금 났다.

"조금만 더 늦었으면 패혈증으로 번졌을지도 몰라요. 다리 전체를 잘라야 했을지도 모르고."

"그렇다면 김예린 중령이 내 생명의 은인인가?"

"동료끼리 무슨 은인. 아무튼 잘 참았어요. 하지만 이제 한 고비 넘긴 것뿐이니 안심하긴 이릅니다."

"참을 만한데 뭘."

"좋아요. 그럼 계속해서 수술합니다."

어느새 손발이 척척 맞게 된 그녀들은 환상의 콤비네이션으로 수술을 진행하였다.

*　　*　　*

수술이 끝난 후, 수액을 맞으면서 침대에 누워 있는 레이시스에게 김예린이 다가왔다.

그녀는 수술 부위에 있는 열감을 없애기 위해 아이스팩을 대고 수시로 귀의 열을 체크하였다.

삐빅.

열과 혈압, 맥박을 체크한 그녀는 별 이상이 없다는 소견을 보였다.

"수술은 잘 끝났네요. 상처 부위도 잘 봉합했고 소독도 잘 되었고요. 그나마 일찍 발견해서 제거한 것이 천운이라고 생각하세요."

"그래, 고맙군."

그녀가 레이시스의 수액 투여량을 조절하는데 그가 불현듯 손을 낚아챘다.

턱!

순간, 그녀가 조금 놀라서 그를 내려다보았다.

"왜, 왜 그래요?"

"약속 잊었어? 마취 안 하는 대신에 뽀뽀 받겠다고 말이야."

그녀는 실소를 흘렸다.

"참, 다 죽어가는 사람 살려놨더니 뽀뽀까지?"

"그래도 잘 참았잖아?"

김예린은 주먹으로 그의 명치를 살며시 쳤다.

퍽.

그러자, 레이시스가 배를 잡고 웃었다.

"아하하, 아프군! 환자를 이렇게 마구 쥐어 패도 되는 거야?"

"그거야 환자에 따라서 다르죠. 당신처럼 멀쩡한 사람은 하루에 두 번씩 쥐어 패도 괜찮아요."

"거참, 뽀뽀 한 번 하기 힘들군. 뽀뽀하려면 하루에 두 번씩 맞아야 해?"

"후후, 그래서 할 수 있으면 다행이고요."

"열심히 도끼질하면 언젠가는 넘어오겠지 뭐."

주먹으로 레이시스의 배를 후려친 김예린이었지만 굳이 손을 빼거나 뿌리치지는 않았다.

레이시스는 그녀를 바짝 당겼다.

휘릭!

"어, 어어……."

"고마워. 살려줘서."

그녀는 보일 듯 말 듯한 미소를 짓는다.

"고마우면 어떻게 해야 하는지 알아요?"

"어떻게?"

"한번 맞춰봐요."

그는 김예린의 얼굴을 손으로 감싸며 바짝 다가섰다.

"그런 것은 잘 모르겠고……."

순간, 두 사람의 입술이 자연스럽게 포개지려 한다.

약간의 떨림과 조금의 흥분, 두 사람의 눈동자가 서서히 흐려지기 시작한다.

살며시 눈을 감는 두 사람의 얼굴에 약간의 미소가 걸렸다.

바로 그때였다.

"사내 연애는 권장이지만 지금은 상황이 좀 그런데?"

두 사람의 중요한 순간에 화수가 장막을 열고 들어선 것이다.

결국 원하는 바를 이루지 못한 레이시스가 주먹을 꽉 말아 쥐었다.

"…눈치가 참 없는 친구야."

"후후, 왜 눈치가 없어요? 우리가 뭘 어떻게 하려고 했는데요?"

그녀는 아무런 일도 없었다는 듯이 자리에서 일어섰다.

레이시스는 떨떠름함보다는 오히려 웃음을 택했다.

"보통내기가 아닌데?"

"보통이 아니면?"

"후후, 튀는 매력이 있어."

화수는 두 사람을 바라보며 헛기침을 했다.

"험험! 연애는 나중에 하고 일단은 현 사안에 집중하자고."

두 사람은 그제야 연애질을 그만두고 화수를 바라보았다.

화수는 두 사람에게 지도를 보여주며 말했다.

"이 지도에 보면 제4 창고에 광대역 스캐너가 있다고 나와."

"스캐너?"

"혹시 몰라서 무전기로 관리자에게 물어보니 반경 1㎞ 안에 있는 물체를 스캔할 수 있는데, 이때 보이지 않는 누전이나 누유 등이 점검된다고 하더군."

"그럼 저놈들의 모습이 보일 수도 있겠군."

"그럴 가능성이 높다고 해."

"흠……."

"김예린 중령, 군의관으로서 볼 때 지금 레이시스의 상태가 어떤 것 같아?"

"한동안 움직이기 힘들 것으로 보입니다."

"그렇다면 방법은 단 한 가지군. 특공대를 조직해서 스캐너를 가지고 오는 수밖에."

레이이스는 고개를 저었다.

"아니야. 난 움직일 수 있어."

자리에서 일어나 바닥으로 내려오려는 레이시스의 등짝에 김예린의 손바닥이 날아든다.

짜악!

"으윽!"

"가만히 못 있어요? 왜 이렇게 사람 말을 안 들을까?"

"난 움직일 수 있을 것 같거든. 정말이야. 한번 서보면 안 될까?"

그녀는 고개를 슬그머니 가로저었다.

"음, 난 그래도 여자의 충언을 잘 들어주는 남자가 좋은데."

"…응, 그래!"

단 0.1초 만에 자신의 주장을 접고 자리에 눕는 그를 바라보며 화수가 어처구니가 없다는 듯이 웃었다.

"허 참, 저 친구도 참 줏대가 없군."

"그냥 한 여자에게 꽂힌 것뿐이야."

"이거나 그거나……."

김예린은 자신의 말대로 눕는 그의 새끼손가락을 슬며시 잡았다.

그러자, 레이시스가 배시시 미소를 짓는다.

하지만 그녀는 이내 손가락을 놓고 화수에게 말했다.

"특공대는 어떻게 구성하실 생각이십니까?"

"일단 자네와 레이시스는 제외야. 한 사람은 환자고 한 사람은 의사니까 이곳에 남아 있어. 특공대는 나와 가브리엘, 안드레아, 김재성 소령, 김태하 소령, 최지하 중령, 황문식 중령,

백성희 소령이다. 나머지는 이곳을 확보하고 주변을 감시하면서 본대의 연락을 기다릴 수 있도록 하자고."

"예, 알겠습니다."

화수는 레이시스의 어깨를 두드리며 말했다.

"어서 쾌차하라고. 갈 길이 멀어."

"당연한 말씀을."

이윽고 화수를 따라서 나서려는 그녀의 손을 레이시스가 잡았다.

"잠깐, 그쪽은 좀 남지?"

그녀는 레이시스의 손을 잡은 채 물었다.

"지금 뽀뽀할래요? 아님 나중에 다리 낫고 다른 것을 할래요?"

"다른 것?"

"남자는 하체가 생명이니까……."

레이시스는 슬그머니 손을 놓았다.

"어서 나을게. 반드시 나을게. 세상이 뒤집혀도 나을게."

"그래요. 어서 나아요, 용병 아저씨."

두 사람은 서로 멀어지면서 같은 미소를 짓고 있었다.

제2장
스캐너 원정대

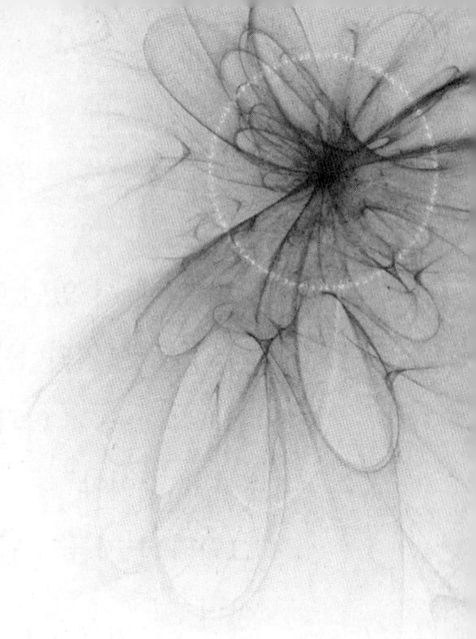

야차 중대의 베이스캠프 전방 3㎞ 앞에서 수색 작전이 펼쳐지고 있다.

구형 m-14 지정 사수 소총을 든 강유가 선두에 섰고 그 뒤를 이예진 소령, 박창민 소령, 조희성 소령이 따랐다.

수색 전문가인 박창민과 조희성은 강유의 뒤를 따르면서 세밀히 적의 흔적을 관찰하였다.

박창민은 아스팔트 위에 난 희미한 발자국을 발견하곤 그것을 면밀하게 살폈다.

“무려 500㎜가 넘는 족적이라니, 몬스터가 확실하긴 한 모양이군."

그의 곁에 서 있던 조희성 역시 족적을 살펴 견해를 냈다.

"저 정도 크기의 몬스터라면 아스팔트에 자국을 남길 정도가 될 텐데, 족적 이외엔 아무것도 없어. 더군다나 족적 역시 흐릿하고 말이야."

"그렇다면 저들의 몸이 상당히 가볍다는 뜻인가?"

"아마도."

강유는 두 사람과는 조금 다른 의견을 냈다.

"몸이 가벼운 것이 아니라 발걸음이 가벼운 것 아닐까?"

"그게 무슨 소리입니까?"

"이를 테면……."

그는 초상비로 아스팔트 위를 부유하였다.

파바바밧!

대략 80kg쯤 나가는 몸무게를 가졌음에도 불구하고 강유의 발자국은 아스팔트 위에 흔적조차 남기지 않았다.

그제야 두 사람은 강유의 말이 무슨 뜻인지 알아들을 수 있을 것 같았다.

"흠, 그러니까 몸이 아무리 무거워도 신경만 날쌔다면 자국이 남지 않는다는 소리군요?"

"얼마 전에 벌였던 교전에서 깨달은 바에 의하면 그래. 그 놈들은 육중한 몸무게에 엄청난 힘을 가졌지만 발걸음이 가벼워. 만약 멀티플 런처가 제대로 적중하지 않았다면 지금쯤 우리는 갈가리 찢겨 고기 조각으로 변해 있었겠지."

이예진 소령은 그들의 신형이 가벼움에 따라 발생하는 문제에 대해 설명하였다.

"발걸음이 이렇게 가벼우면 지뢰가 반응하지 못할 수도 있어요."

"으음, 그렇군. 지뢰는 위에서 아래로 작용하는 압력을 받은 뇌관이 폭발하는 형식이니까."

"요즘은 열상 감지를 통해 스스로 표적을 결정하고 능동적으로 폭발하는 지뢰가 있기는 한데, 그것도 불가시 물체에는 아무런 소용이 없어요. 더군다나 열상 감지에 감지되지 않는 생명체에는 적용할 수가 없지요."

"그럼 우리가 놈들을 방어할 수 있는 수단이 아예 없겠군."

"힘들긴 해도 아주 없는 것은 아니에요."

그녀는 꽤 오래된 방식의 부비 트랩에 대해 설명하였다.

"한국군이 몬스터와 교전하면서 비약적인 기술력의 발전을 이루어냈지만 아직도 생존 훈련에선 인계 철선을 이용한 부비 트랩을 만들어 사용하곤 해요."

"인계 철선이라. 아주 오랜만에 들어보는 단어군."

"아마 의원님께서도 군에서 배웠을 겁니다. 그 당시의 군대에선 꽤 오래된 지식들까지 총동원하여 장교를 교육했으니까요."

군에서 장교로 복무했었던 강유는 인계 철선에 대한 지식을 당연히 가지고 있었다.

또한, 생존 훈련을 받았던 박창민과 조희성 역시 부비 트랩을 설치해 본 경험이 있어서 만약 트랩을 설치한다면 꽤 능숙하게 해낼 수 있을 것이다.

그녀는 야포용 신형 고폭탄을 꺼내어 뇌관을 개조하고 그것에 인계 철선을 달아 부비 트랩의 재료로 만드는 작업에 돌입하였다.

끼릭, 끼릭…….

고폭탄의 머리에 달려 있는 뇌관을 렌치로 돌려 빼낸 그녀는 디지털 방식으로 되어 있는 뇌관을 개조하여 격발 방식을 바꾸었다.

"지금은 뇌관이 디지털 방식으로 만들어져 있어서 원격으로 조종이 가능하지만 우리가 그 모든 것을 관리할 수는 없어요. 그래서 뇌관의 센서를 빼내고 그 대신에 수류탄의 격발방식을 채택했어요. 인계 철선이 뇌관에 붙어 있는 안전고리를 빼내면 고폭탄은 그 즉시 폭발할 겁니다."

"고폭탄의 위력은 얼마나 되지?"

"유효 살상반경은 대략 운동장 1.5배쯤 되요. 여기에 후폭풍이나 파편효과까지 생각하면 조금 더 넓겠지요."

"한 번 터지면 한 무리의 몬스터 정도는 충분히 몰살되겠군."

"이론상으론 그런데 저놈들의 맷집이 생각보다 좋다는 것이 변수에요. 얼마 전에 있었던 교전에서 저놈들이 개 맞듯이 두들겨 맞고도 끈질기게 쫓아온 것을 생각하면 폭탄을 맞고 죽을지 어떨지는 알 수가 없는 셈이죠."

"흠, 복잡하게 되었군."

"하지만 일단 설치해 두면 놈들이 출몰했다는 것을 알리는 알람으로 사용할 수도 있을 테니 나쁠 것 없지요."

"하긴."

그녀는 세 사람에게 인계 철선의 위치를 지정해 주었다.

"적어도 150미터의 간격을 두고 설치하는 것이 좋아요. 그래야 뇌관이 다치지 않는 선에서 폭발할 테니까요. 의원님은 제 앞의 A지역을 전담하시고 박소령님과 조소령님이 각각 B와 C를 맡아줘요. 나는 이곳에서 필요한 뇌관을 더 개조하고 있을게요."

"알겠어."

세 남자는 그녀의 지시에 따라서 인계 철선을 들고 맡은 지역으로 향했다.

*　　*　　*

대략 세 시간 후, 인계 철선을 모두 설치한 네 사람은 부비 트랩 너머로 전진하였다.

본진 앞에 부비 트랩을 설치하긴 했지만 정확하게 적들의 위치가 어디인지 파악하지 못했으니 수색은 끝나지 않았다.

지도를 든 박창민이 전방에 있는 두 개의 소형 창고와 관리실에 대해 설명하였다.

"전방 500미터 앞에 두 개의 창고가 각각 100미터의 거리를 두고 마주 보고 있습니다. 그 옆에는 바로 관리실이 하나씩 붙어 있고요."

"창고에는 무슨 물건이 있지?"

"식량과 의료약품 등입니다. 아마도 이곳으로 생활에 필요한 물자들을 옮겨놓고 사용했었던 것 같아요."

"그렇다면 이곳에 있는 식량과 약품을 후방으로 옮기고 창고는 거점으로 사용하면 안 되는 건가?"

"좋은 생각이십니다. 하지만 아직까지 광대역 스캐너가 없어서 무용지물입니다. 일단 이곳에 있는 물자들을 후방으로 옮긴 후에 양쪽 창고 입구를 단단히 틀어막는 것이 좋겠어요."

박창민은 2인 1개 조로 나누어져 물자를 옮길 수 있도록 하였다.

"의원님과 이예진 소령이 짝을 짓고 저와 조희성 소령이 짝을 짓도록 하시지요."

"알겠네."

제1 창고를 박창민과 조희성이, 제2 창고를 강유와 이예진이 맡기로 하였다.

강유는 이예진과 함께 물자를 옮기기 위해 창고문을 열었다.

철컹!

자욱하게 먼지가 앉은 창고 안에는 지게차와 대형 대차렉이 구비되어 있었다.

"쿨럭, 쿨럭!"

"…먼지가 좀 많네요."

"그나마 지게차가 있으니 다행이군. 그마저도 없으면 최악일 뻔했어."

"운이 좋았던 거죠."

군에서 지게차 운전을 배웠었던 강유는 제법 능숙하게 시동을 걸고 지게를 움직여 물건을 적재하였다.

부르르르릉!

이예진은 강유가 지게로 물건을 옮기기 좋도록 팔레트를 옮겨주거나 짐짝 위에 달린 항공마대의 손잡이를 지게에 걸어주었다.

처음 작업을 해보는 두 사람이지만 제법 손발이 잘 맞는 듯하다.

"작업에 소질이 있는데? 여군은 이런 작업은 젬병인 줄 알았더니, 그건 아닌 모양이군."

"만약 대장님을 못 만났다면 그럴 수도 있었겠죠. 하지만 워낙 산전수전 다 겪다 보니 이 정도 작업은 누워서 떡 먹기죠. 하루 만에 콘크리트 진지도 만드는 판에 이런 작업쯤이야 별것 아니에요."

"집도 지을 줄 알아?"

"그냥 어설프게 미장하고 콘크리트 바를 줄 아는 정도에요. 집은 무리죠."

"아무튼 작은 집이라도 집을 지을 줄 안다는 것이 중요한 것이지. 대단한데?"

"후후, 이런 것으로 칭찬을 들으니 기분이 묘하네요."

차곡차곡 팔레트를 쌓고 옮기기 좋게 만들어놓은 강유가 짐을 들어 올린 후에 이예진을 옆자리로 불렀다.

"타지. 걸어서 가려면 아무래도 시간이 좀 걸리잖아?"

"그럼 그럴까요?"

이예진이 강유의 옆자리에 타자마자 지게차가 거침없이 앞으로 나아간다.

부아아앙!

지게차가 최고속도로 달리니 약하게나마 바람이 불어 이예진의 긴 생머리가 흩날리기 시작한다.

휘이이잉!

평소엔 잘 몰랐지만 바람이 불어 흩날리고 보니 그녀의 생머리가 참으로 탐스럽다고 느껴지는 강유였다.

그는 자신도 모르게 그녀의 향기에 매료되고 말았다.

"샴푸 냄새에 화약 냄새가 섞이니 향이 묘하군. 특별한 향수를 쓰는 것 같지는 않은데 상당히 매력 있어."

"특이한 취향이시네요. 화약 냄새가 좋다는 사람은 의원님이 처음이에요."

"화약 냄새가 좋은 것이 아니라 그것에 섞여 있음에도 불구하고 향을 잃지 않은 당신의 향기가 매력적인 것 같아."

"후후, 아무튼 칭찬을 들으니 기분은 좋네요."

"그래? 돈 안 들이고 기분이 좋아졌다니 내가 다 뿌듯하군."

지게차를 끌고 인계 철선 너머까지 온 두 사람은 이제 식량을 내려놓고 의약품을 가지러 가기 위해 다시 차에 올라탔다.

하지만 그들이 시동도 채 걸기 전에 전방에서 무전이 날아들어 걸음을 멈추고 말았다.

파앗!

—여기는 올빼미, 불사조 등장 바람……!

"여기는 올빼미. 무슨 일인가?"

—…어지간히 적재했으면 작전을 끝내고 본대로 돌아가는 것이 좋을 듯싶다.

"혹시 적이?"

—전방에 숫자를 헤아리기 힘들 정도로 많은 발소리가 들린다. 잘못하면 여기서 다 죽겠다 싶을 정도다.

두 사람은 동시에 서로의 얼굴을 쳐다보았다.

"젠장, 예상보다 조금 빠른데?"

"의약품을 못 챙긴 것은 그렇다 치더라도 두 사람이 전방에 있는데… 어쩌죠?"

강유는 앞뒤를 가릴 것 없이 지게차에서 내렸다.

"세상천지에 동료를 버리고 돌아서는 사람은 없어. 가자고."

"그래요, 그럴 줄 알았어요."

두 사람은 충분한 양의 탄약을 챙기곤 동료들의 위치를 확인했다.

"여기는 불사조, 올빼미의 현 위치에 대해 설명하라."

—적재 현장 인근이다. 하지만 이곳으로 올 생각이라면 잠시 보류하는 것이 좋을 것 같다. 놈들이 우리를 발견하지 못하고 지나치고 있다.

"그냥 지나친다?"

—아무래도 움직임이 없으면 인지를 못 하는 것 같다. 어쩌면 시각이나 후각이 퇴화된 것 같기도 하고.

"그렇다면 소리에는 반응하는가?"

—한번 실험해 보겠다.

무전기 너머의 두 사람은 각자 돌멩이를 하나씩 집어 들어 멀리 돌팔매질을 했다.

그러자, 즉각적으로 반응이 온다.

크르르르릉……!

—들리나? 무전기 너머까지 들릴 정도로 맹렬하게 돌진하는 소리가?

"그래, 그런 것 같군."

—아무래도 소리에 민감하고 시각이나 후각은 퇴화한 것이 분명해 보인다.

"그렇다면 그곳에 가만히 숨어 있기만 한다면 놈들에게 발각될 일은 없겠군."

—특별히 눈에 띄는 행동만 하지 않는다면 말이지.

두 사람은 인계 철선 너머에서 그들을 지켜보기로 했다.

"좋아, 그럼 우리는 인계 철선 너머에서 대기하겠다. 두 사람은 상황이 종료되는 대로 본대로 복귀할 수 있도록."

—알겠다.

놈들에 대한 정체가 한 꺼풀 벗겨지려는 참이다.

* * *

다소 을씨년스러운 바람이 불어오는 발전소 한가운데에 선 화수와 그 일행이 망루처럼 생긴 송전탑을 바라보고 있다.

휘이이잉……!

제4 창고는 옆 송전탑은 북유럽 남부로 전기를 내보내는 역할을 하기 때문에 그 중요도가 상당히 높은 편이었다.

이곳에 제4 창고를 둔 이유도 바로 이 송전탑을 관리하고 보수하기 위함이었다.

화수는 일단 송전탑으로 올라가 안전을 확보한 후에 창고를 뒤져보기로 했다.

김태하 소령이 스코프를 통하여 송전탑의 한 층 한 층을 정밀히 살폈다.

"일단 겉으로 보기엔 적의 출몰은 없는 것 같습니다. 각 층의 발광다이오드 역시 정상적으로 작동하고 있고요."

"다행이로군. 이곳을 몬스터에게 먹히면 고생길이 훤할 뻔했잖아."

"아주 제대로 고생만 하다가 고립이 될 수도 있었지요. 이곳을 우리가 점령하면 시야를 확보할 수 있으니 무전을 통하여 적의 위치를 공유하면 저격으로 개체를 줄일 수도 있을 겁니다."

"여러모로 잘되었군."

화수는 방패를 앞세워 송전탑을 오르기 시작했다.

그의 후방으로는 가브리엘과 김태하를 제외한 동료들이 사주경계를 취하면서 뒤따랐다.

화수는 퇴로를 확보하기 위해 후미열에 지도를 건넸다.

"김태하 소령, 지도를 통하여 어느 곳으로 도주하는 것이 유사시에 좋을지 계획해 볼 수 있도록."

"예, 알겠습니다."

아무리 육안으로 안전을 확인했다곤 해도 여전히 이곳은 몬스터가 득실거리는 위험지역이다.

한순간도 마음을 놓을 수 없는 것이 바로 수색 작전이다.

화수는 송전탑 구석구석을 돌아다니면서 혹시나 모를 몬스터의 매복에 대비하였다.

"1층과 2층, 모두 이상 없다."

—이쪽도 이상 없음. 계속해서 전진하길 바람.

김태하 소령과 무전을 주고받으면서 전진하던 화수는 송전탑의 15층에 도착하였다.

쐐에에에엥!

총 16층으로 이뤄진 송전탑의 상부에서는 살을 에는 듯한 칼바람이 불어닥쳤다.

"저격을 하기엔 이보다 더 좋은 곳은 없겠지만 사격 대기를 하기엔 좋지 않겠는데? 바람이 거의 남극 수준이다."

—바람이 그렇게 많이 불면 문제가 많은데… 뭐, 그래도 없는 것보다는 낫다. 점령해 주길 바란다.

"입감."

이번에도 화수와 일행은 구석구석 수색을 펼쳐 위험 요소를 사전에 차단하였다.

하지만 화수의 눈에 있어서는 안 될 것이 보였다.

송전탑 15층에는 아주 작은 알갱이들이 보였는데 이것은 아무래도 딱딱한 껍질이 잘게 쪼개지면서 만들어진 것 같았다.

화수는 이런 알갱이들이 가장 잘 만들어지는 물체에 대해 떠올렸다.

"알이 깨지면서 알갱이들이 생긴 것 같군."

"알……?!"

"아무래도 이곳은 꽤 거대한 비행형 몬스터의 둥지인 것 같아. 더 이상 이곳에 머물고 있다간 몬스터의 밥이 되어버리겠어."

과연 이곳에 어떤 형식의 공격을 펼치는 몬스터가 사는지 모르는데 수색을 계속 펼치는 것은 무리라고 볼 수 있다.

그나마 15층과 16층이 비었을 때 도망간다면 조금 더 넓고 유리한 곳에서 전투를 벌일 수 있을 것이었다.

하지만 시간은 그들의 편이 아니었다.

끼에에에에엑……!

—젠장, 꽤 많은 숫자의 몬스터다! 지금 당장 그곳에서 빠져

나올 수 있도록!

"입감!"

처음엔 거점을 잡았다고 좋아했던 화수이지만 이제는 그 마음이 싹 달아나고 위기감만이 자리 잡았다.

그는 전력을 다해서 도망치기로 한다.

"달려, 이곳을 최대한 빨리 빠져나간다!"

"예!"

화수가 계단을 타고 아래로 내려가려는데 한차례 거대한 진동이 느껴진다.

쿠웅!

순간, 일행의 걸음이 바닥에 달라붙는다.

"…뭐, 뭐지?"

"지진은 아닌 것 같은데……."

숨을 죽인 채 까마득한 아래를 내려다보던 화수의 귓가에 뜻밖의 소리가 들려온다.

—파아악…! 대장님, 아무래도 지하에 몬스터가 있는 것 같습니다!

"지하에?!"

—그것도 한 마리가 아닌 모양인데요?!

"제기랄, 어떤 종류로 보이나?"

—아주 잠깐 모습을 보였습니다만, 무슨 종류인지는 모르

겠습니다. 다만, 땅을 바다처럼 이용하여 헤엄을 치고 있습니다! 송전탑이 무너지는 건 순식간입니다! 크기가 거의 25미터에 육박해요!

"이제 보니 문제는 날짐승이 아니라 커다란 두더지였군."

—아무튼 어서 내려오십시오! 지체할 시간이 없습니다!

화수가 일행을 이끌고 지상으로 달리기 시작한다.

"가자! 더 이상 지체하면 다 죽는다!"

하지만 그들의 행보를 가만히 내버려 둘 생각이 없는 몬스터들이다.

콰아앙!

"어, 어어……?!"

몬스터들은 송전탑을 마구 들이받아 오른쪽으로 기울어지게 만들어 버렸다.

끼이이이잉……!

—너, 넘어진다!

"이런 빌어먹을!"

화수의 눈앞으로 거대한 흙먼지가 스치고 지나간다.

콰르르르르륵!

"충돌한다! 충격에 대비해!"

"제기랄!"

저마다 충격에 대비하기 위해 바쁘게 움직이고 있으나, 그

것이 얼마나 도움이 될지는 미지수였다.

* * *

우중충한 날씨의 바닷바람이 강제의 차를 타고 넘실거린다.

휘이이잉……!

창원지검 진주지청 형사 제1부장 최주동을 찾아온 그는 남해군의 한적한 횟집 앞에 차를 세웠다.

차에서 내리자마자 약간 후덥지근한 바람이 그의 볼을 때렸다.

"따뜻하군."

대한민국 최남단의 한 축인 남해군의 날씨는 서울에서 평생을 산 강제에겐 놀라울 정도로 포근했다.

바람이 많이 분다는 느낌이 있긴 했지만 따뜻하게 느껴질 정도였다.

강제는 작은 산비탈 아래에 위치한 작은 횟집의 문을 열었다.

드르르륵!

잘 열리지도 않는 횟집의 문을 열고 들어가니 넥타이를 반쯤 풀어 헤치고 막걸리를 마시고 있는 남자가 보인다.

이제 막 환갑이나 되었을 법한 그는 세상 유쾌하게 술판을 벌이고 있었다.

“경자 씨, 여기 막걸리 한 주전자 더 줘요!”

“무슨 검사님이 대낮부터 술판이람? 부장님이 이렇게 술만 퍼마시면 사건은 누가 해결해요?”

“나 같은 허수아비야 있으나 마나지 뭐. 우중충한 검찰청에 처박혀 있으니 이곳에서 술이나 퍼마실랍니다. 그럼 또 알아? 외로운 사람끼리 정이 통할지.”

“…못 하는 소리가 없네. 누가 들으면 진심인 줄 알겠어요.”

“진심인데? 이혼하고 10년 넘게 혼자 살았으면 됐지 뭘 얼마나 더 외롭게 살아야 해? 경자 씨도 혼자 된지 꽤 오래되었다면서?”

“그렇긴 하지만…….”

“그럼 됐군. 이리 와서 앉아봐요. 술이나 한잔 하게. 어차피 주중 아침에 손님이 어디에 있겠어? 그냥 같이 술이나 퍼마십시다.”

“다 좋은데 장사는 어쩌라고?”

“아아, 괜찮아. 이제부터 연금도 나오겠다, 퇴직금도 나오겠다, 그걸로 유유자적하게 살면 되지. 내가 책임질게!”

“무슨 검사님이 이렇게 실없을 수가 있대? 정말 그래도 괜찮은 거예요?”

“하하, 뭐 어때요? 사람이 이럴 수도 있고 저럴 수도 있지!”

한참을 서서 두 사람을 바라보던 강제가 꽤 시간이 지나서야 인기척을 냈다.

“험험, 실례합니다.”

“으음? 이 시간에 손님이?”

“손님은 아니고 부장님을 찾아왔습니다.”

순간, 최주동의 눈빛이 날카로워진다.

“감사부에서 나왔나?”

“아닙니다. 저는 이런 사람입니다.”

“특무조사단 수사팀장?”

“예, 그렇습니다.”

“아니, 수사팀장씩이나 되는 사람이 나 같은 쓰레기 검사는 왜 찾아오셨대?”

“찾아뵙고 여쭐 말이 있어서 찾아왔습니다.”

그는 썩 기분이 좋지는 않은 듯, 연신 고개를 갸웃거렸다.

“아무리 유엔이라곤 해도 현직 검사를 함부로 조사할 수는 없을 텐데? 영장 있어요?”

“조사 차 나온 것은 아닙니다. 이런 분께서 보내셨습니다.”

또 한 장의 명함을 받은 최주동은 그제야 조금 마음을 놓았다.

“신해용 전 차관께서 보내신 것이로군. 으음, 노인장이 보내셨다면 안심이지."

"다행이군요."

현직에 있을 때에 사용했던 명함은 지금 구하기 힘든 물건이기 때문에 신해용과 강제가 일부분 관련 있다는 것은 입증이 된 셈이었다.

그는 그제야 경계심을 풀고 강제에게 술잔을 권했다.

"막걸리 한잔 하시게."

"아닙니다. 차를 가지고 와서 술은 좀 곤란합니다."

"쯧, 젊은 사람이 인생을 왜 그렇게 재미없게 살지? 그냥 한 잔 해. 어차피 대낮에 음주 단속을 할 것도 아니고 말이야."

"…검사님께서 하실 말씀은 아닌 것 같은데요."

"마셔서 취할 정도만 아니면 마셔도 괜찮아. 젊은 사람이 막걸리 몇 잔 마시고 사고를 낼 정도로 술이 약하지는 않을 것 아니야?"

조금 어처구니가 없기는 했어도 환갑이 훨씬 넘은 연장자가 주는 술잔을 자꾸만 고사할 수는 없는 노릇이었다.

강제는 기왕지사 마실 것이라면 조금 더 통 크게 마시기로 했다.

그는 테이블 위에 올려져 있던 은색 대접을 들었다.

"한 잔 주시지요."

"오오, 역시! 군인은 뭔가 달라도 다르군!"

공깃밥 세 그릇이 들어가도 남는 대접에 가득 술을 받은 강제는 그것을 거침없이 들이키기 시작한다.

꿀꺽, 꿀꺽!

"크흐, 좋다!"

"막걸리 마실 줄 아는 청년이로군! 기왕지사 이렇게 된 김에 술자리나 함께하세. 어떤가?"

"좋지요."

강제는 아예 자리를 깔고 본격적으로 술판에 끼어들었다.

그는 최주동에게 술잔을 돌리면서 슬그머니 운을 띄워보았다.

"저, 그런데 검사님. 제가 묻고 싶은 것이 있다고 말씀드리지 않았습니까?"

"그랬지."

"혹시 해동 에너지 사건에 대해서 아는 바가 있으신지 궁금합니다."

"해동 에너지라면 원자로 관리를 맡아 놓고 공중 분해되어 북유럽 원전을 똥통으로 만들어놓은 놈들 아닌가?"

"예, 맞습니다."

최주동은 실소를 흘렸다.

"후후, 의외로군. 이 사건을 유엔에서도 조사하고 있었던가?"

"지금 북유럽 원전에 사고가 터졌습니다. 그곳에서 몬스터가 창궐하여 북유럽은 물론이고 유럽 중부의 몇몇 국가들이 전력 수급에 어려움을 겪고 있습니다. 그 무엇보다도 언제 원전이 폭발할지 모른다는 불안감을 가지고 살아가고 있지요."

"그래, 언젠가 한번 들어본 적이 있는 것 같군. 그런데 그 사건에 몬스터까지 관련되어 있었던가? 뉴스에선 그냥 관리 부실로 누진이 일어났다고 하던데?"

"언론이 하는 말이야 하루가 멀다 하고 다르지 않습니까?"

"하긴. 그건 그렇지."

"아무튼 간에 지금 사태가 심각합니다. 사고 치고 도망간 놈을 잡아야 하는데 실마리를 찾기가 쉽지 않군요."

최주동은 넥타이를 완전 풀어버리곤 주인장에게 귀한 횟감을 부탁하였다.

"경자 씨, 줄가자미 한 마리 떠줄 수 있나?"

"마침 시장에 몇 마리 나와 있다는 소리를 들었어요."

"고마워요."

한창 작업(?) 중이었던 주인장에게 회까지 부탁한 그는 자세를 고쳐 잡았다.

"얘기가 좀 길어. 시간만 괜찮다면 얘기를 해줄 수 있네."

"시간이야 널널합니다. 4박 5일을 내리 마셔도 될 정도입니다."

"좋아, 성격이 호탕해서 마음에 드는군."

그는 본격적으로 이야기보따리를 풀어놓기 시작한다.

*　　*　　*

자욱한 먼지 사이로 신음하는 동료들의 모습이 보인다.

"쿨럭, 쿨럭!"

화수는 그 자리에서 박차고 일어나 가장 가까이에 있는 최지하에게 달려갔다.

"최중령!"

"대장, 무사했네?"

"나야 어떻게 되든 무사할 사람 아닌가? 좀 어때?"

"괜찮아. 다리가 좀 불편한 것 빼곤 버틸 만해."

그녀의 허벅다리에는 손가락 굵기의 철근이 박혀 피가 줄줄 흘러내리고 있었다.

툭툭!

혈도를 점하여 출혈을 잡고 난 후엔 자신의 상의를 찢어내어 상처 부위를 감싸고 간단히 부목을 만들어 받쳤다.

일단 응급처치를 하긴 했지만 다리에 박힌 철근을 빼내지 못하면 결국 다시 출혈이 생길 수도 있고 상처 부위가 감염되어 위험해질 수도 있다.

지금 이 상태에서 패혈증이라도 온다면 제아무리 화수라고 해도 감당하기 힘들 것이다.

"일단 이곳을 빠져나가자. 다른 동료들은 이곳을 빠져나가면서 찾아보도록 하고."

"그래……."

그녀를 들쳐 업은 화수는 빛이 보이는 쪽으로 무작정 걷기 시작했다.

사그락, 사그락…….

온 바닥이 모래판이라서 발이 푹푹 빠지긴 했지만 보법을 전개하니 건너지 못할 것도 없었다.

하지만 모래가 일으키는 흙먼지 때문에 눈을 뜨기가 힘들다는 단점이 있었다.

"콜록, 콜록!"

"괜찮아? 호흡기에도 문제가 있나?"

"아니, 먼지 때문에 그래."

화수는 주머니에 들어 있던 손수건을 꺼내어 그녀에게 건넸다.

"받아. 이것으로 코와 입을 가려. 흙먼지를 계속해서 마시면 좋지 않아. 안 그래도 상태가 좋지 않은데 먼지까지 마셔서 좋을 것 하나도 없어."

"고마워. 대장에게 자꾸 짐만 되는 것 같네."

"전우끼리 그런 말도 안 되는 소리가 어디 있나? 최중령은 부하가 다치면 그냥 버리고 갈 거야?"

"그건 아니지만……."

"약해 빠진 소리 그만하고 다른 사람들이나 힘내서 찾아보자고."

화수와 그녀가 2인 1조로 흙먼지를 돌파하고 있을 무렵, 저 멀리서 신음이 들려온다.

"으으윽……."

"가브리엘?!"

그녀를 업고 가브리엘에게 달려가 보니 이쪽은 상태가 훨씬 더 안 좋은 것 같았다.

그나마 다리에 철심이 박혀 있어 목숨에는 별 지장이 없는 최지하였지만 가브리엘은 달랐다.

철근이 복부를 관통하고 들어간 가브리엘은 잘못하면 생명에 지장이 있을지도 몰랐다.

"재수가 없으려니 별일이 다 일어나네… 내 상태 어때?"

"솔직하게 말해줘?"

"복부에서 묵직한 것이 느껴져. 나도 어느 정도 예상하고 있으니 솔직하게 말해줘도 괜찮아."

"솔직히 말해서 이대로는 좀 힘들겠는데?"

"…제기랄, 평생 로봇만 연구했는데 여기서 죽기엔 너무 억울하단 말이지."

"죽기는 누가 죽어? 죽지 않을 거야. 그러니 너무 걱정하지 말아."

"그렇다면 다행이고."

어느새 화수의 등에서 내려온 최지하는 그녀의 상태를 조금 더 자세히 살폈다.

"복부의 중앙 부분을 관통했어. 다행히도 장기에 이상이 있는 것 같지는 않은데 내출혈이 심해. 혹시 하반신이 잘 움직여?"

"아니, 느낌이 없어."

"신경이 다친 것 같아. 만약 이대로 조금이라도 신경을 더 건드리게 된다면 아예 하반신을 잃을 수도 있어."

"그럼 어째? 철근을 자를까?"

"아니야. 무턱대고 철근을 잘랐다간 무슨 일이 벌어질지 아무도 몰라."

"흠……."

최지하는 궁여지책을 강구한다.

"이곳에 있는 사람들을 최대한 모아서 구출 작전을 펼치든지, 그것도 아니면 화상으로 원격제어를 받아 수술을 하는 수밖에."

"수, 수술을 한다고? 지금 여기서?"

"다른 방법이 없어. 조금이라도 상처가 벌어지면 그 즉시 목숨을 잃을 수도 있다고.”

일단 화수는 이곳에서 최대한 인원을 구출하여 그녀를 수술하기로 마음먹었다.

“그래, 일단 사람은 살리고 봐야지. 내가 남은 인원들을 마저 구해볼 테니까 최중령이 가브리엘을 좀 지켜줘.”

“알겠어.”

화수는 사고에서 살아남은 사람들을 찾아다니기 시작했다.

제3장
도박

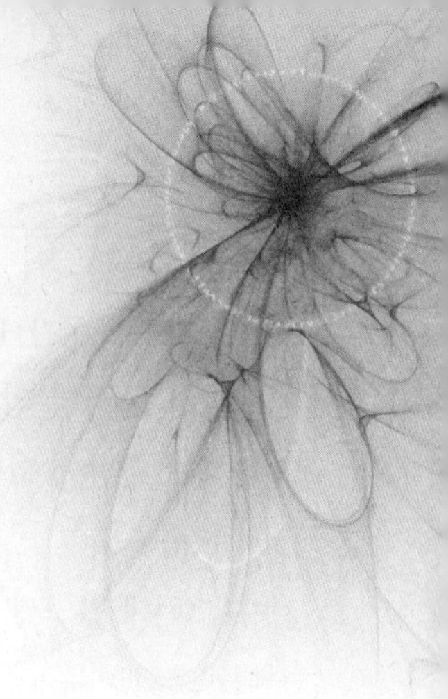

정오를 향해 가는 시각, 최주동과 강제가 술잔을 맞대고 있다.

최주동은 해동 에너지의 입찰에 대해 이렇게 정의했다.

“짜고 치는 고스톱, 아주 딱 좋은 표현이라 하겠군.”

“짜고 치는 고스톱이라.”

“자네, 원전을 설치하고 관리해 주는 업체로 선정되기 위해서 거쳐야 하는 단계가 몇 단계인 줄 아나?”

“꽤 복잡하겠지요.”

“복잡한 정도가 아니라 원전에 관해선 전문가여야만 가능한 것이 바로 이 관리업체 선정이란 말이지. 물론, 설치와 초도 관리는 국가에서 주도하겠지만 결국 그것을 이어나가는 사람들은 하청 업체이거든. 그렇기 때문에 선정 과정이 꽤 복잡해질 수밖에 없는 것이지."

"으음……."

"그런데 말일세, 이 해동 에너지가 과연 그 조건에 부합했느냐? 그건 아무도 몰라. 왜냐하면 산업자원부 차관조차 그들에 대해서 자세히 아는 것이 없었거든. 그저 산업자원부 평가관리단이 서명 몇 번 해주고 만 것이 전부야. 정작 대기업들은 스스로 기술적 자원에 대한 평가서를 제출하고 입찰자 대기 조건표를 발부받아서 한없이 대기만 하고 있었는데 말이야. 이게 말이나 되는 얘기냐고."

국가와 국가 간의 에너지 사업에 참여하였음에도 불구하고 아무런 정보가 없다는 것은 있을 수도 없는 일이었다.

그는 당시에 평가 관리단에 있었던 사람들의 신상 명세를 보여주며 말했다.

"김태원 부장을 비롯한 이 여덟 명, 모두 박사학위에 산자부에서 잔뼈가 굵은 사람들이지. 이 업계에선 꽤 유명한 사람들이야. 명망 높고 학식도 뛰어나서 관련 지식인들의 존경을 한 몸에 받았다고나 할까? 그런데 이 사람들, 사건이 터지기 일보 직전에 잠수를 타버렸어. 계좌로 입금된 돈은 무려 100억 이상, 입금인의 명의는 모두 허위였어. 모두 대포 통장을 이용해서 이들에게 돈을 건넨 거지. 공식적인 계좌의 현황이 이 정도고 비공식적인 계좌는 과연 얼마가 들어 있을지 아무도 몰라."

"그렇다면 그들이 명예를 저버리고 돈을 선택했다는 소리가 되는군요."

"바로 그거야. 산업자원부 평가 관리단은 업체를 선정하고 그들과 함께 북유럽 설치 지역으로 가서 원전을 설치하고 초도 관리를 함께하는 사람들이야. 만약 이들이 조작하려 마음만 먹는다면 원전을 설치하지 않고도 설치했다고 거짓 증언을 할 수도 있을 정도지."

"허어……."

"아무튼 나는 이 사람들을 조사하기 이전에 해동 에너지와 적산연구개발이라는 회사를 조사했다네. 혹시 적산개발에 대해 들어본 적이 있나?"

"예, 차관님께 말씀을 들었습니다. 해동 에너지가 해체되기 전까지 함께했었던 기업이라고요."

"맞아. 해동 에너지의 파트너이지. 그런데 이놈들도 예사롭지는 않아. 사장단과 이사진이 모두 건달이고 5년 전까지만 해도 마약에 인신매매까지, 안 하는 것이 없는 개잡놈들이었지."

최주동은 적산개발의 전신이라 볼 수 있는 안양 전갈파에 대한 조사 보고서를 내밀었다.

보고서 안에는 전갈파의 조직원 현황과 사업 현황에 대한 정보가 아주 세세히 나열되어 있었다.

"우리 검찰에서 경찰을 동원해서 전갈파를 잡아 족치고 그 현황을 파악한 것이 15년 전이야. 이때는 이제 막 안양으로 마약을 들여와 파는 구멍가게에 불과했는데, 10년 만에 엄청난 덩치를 가진 기업형 조직으로 탈바꿈하였지."

"이렇게 작은 구멍가게에서 중소기업으로의 성장을 10년 만에 이룩하였다, 대단한 꼼수를 가지고 있었던 모양이군요."

"자네도 잘 알겠지만 요즘 건달들은 모두 기업형 조직을 기반으로 삼아. 예전처럼 나이트클럽이나 돌리고 아가씨 장사나 하면서 돈을 벌던 시대는 지났다는 소리지. 이제는 건달들도 공부하고 연구해서 전문적인 기업인들로 거듭났어. 그들도 이제는 합법적, 혹은 반 불법으로 돈을 벌어. 한마디로 건달형 기업 사냥꾼으로 탈바꿈한 것이지."

"그렇다면 이놈들도 같은 과에 속하겠군요."

"맞아. 이놈들도 기업 사냥꾼이야. 다만, 특이한 점이 있다면 아주 거대한 돈줄을 잡고 있다는 것이지."

"돈줄이라?"

"원래 건달들은 스폰서 하나둘 정도 가지고 있어야 조직을 키울 수 있어. 사업가들과 합작해서 자기들이 뒤를 봐주고 더러운 일을 해주면서 돈을 받는 거지. 한마디로 물주와 해결사 관계라고나 할까? 여기서 덩치가 좀 더 커지면 함께 돈을 출자해서 사업도 펼치고 서로 밀어주고 당겨주면서 커나가는 거지. 이게 바로 건달들의 스폰서 시스템이야."

"그렇다면 저놈들이 스폰서를 아주 제대로 잡은 모양이군요."

"표면적으로 봤을 때엔 그렇지. 하지만 이놈들의 세세한 행보를 살펴보자면 흥미로운 점이 많아."

그는 적산개발이 지금까지 사들인 기업들의 등기부사본을 나열한 도표를 꺼내놓았다.

도표에는 대략 55개의 회사들이 쭉 나열되어 있었다.

"초반에 이들이 사들인 기업들은 건설회사와 제약회사들이야. 그리고 그 이후엔 병원, 연구개발소, 대학교재단, 은행 채권을 가진 대부업체까지 사들였지. 이들이 가진 회사들을 자세히 들여다보면 흥미로운 점이 하나 있어. 그것은 바로 최근 수도 방위 사령부 지하에서 발견되었던 지하 연구소가 지어지기 위해 필요한 기술력이 전부 이들에게 있었다는 점이지."

"……!"

"이들 회사가 망한 이유는 결코 기술력의 부재가 있었다거나 경영 악제가 겹쳤다거나 하는 등의 리스크 발생이 아니었어. 이들은 모두 누군가의 공작에 의하여 빚을 지고 파산하여 결국엔 회사를 내어놓을 수밖에 없는 억울한 사연을 가지고 있지."

"그렇다면 전갈파가 작정하고 기술력 습득을 위해서 기업 사냥에 뛰어들었다는 소리가 되는 군요."

"내가 조사한 바에 의하면 그래."

"허어……!"

"결국 이 모든 사건의 배후엔 적산개발이 있었던 거야. 그들이 앞서 더러운 짓을 하고 뒤에서 모종의 세력들이 수습하고 돈을 대어주었다, 그림이 나오지 않아?"

"전혀 상상도 못 했던 일입니다. 이런 엄청난 사건을 조종할 수 있을 정도로 많은 끄나풀을 가지고 있는 조직이라니."

그는 아주 두툼한 책자를 한 권 꺼내어놓았다.

책자에는 '블루스톤 프로젝트'라는 글귀가 적혀 있었다.

"블루스톤이라."

"아마 한 번쯤은 들어봤으리라 생각하네. 우리 인류가 처음으로 몬스터 코어를 기반으로 대체에너지를 만들어내게 된 기반 기술의 이름이지. 이것을 만든 사람은 이석화라는 이름을 가진 한국인 정유 기술자와 미국의 에너지 연구회사의 사장 데이비드 헤브리너라는 사람들이야. 하지만 아마 자네는 이 이름에 대해서 처음 들어볼 거야."

"예, 그렇습니다. 이렇게 대단한 업적을 남긴 사람들인데도 불구하고 저는 이 이름들을 처음 들어봅니다."

"당연히 그렇겠지. 이 사람들이 프로젝트를 개발하고 발표하려던 순간에 살해되고 말았으니까."

"살해?!"

"데이비드 헤브리너가 에너지 연구회사를 차리고 고아원 동기이자 의형제인 이석화가 들어와 연구진을 꾸렸어. 이석화는 석유 정제회사에 들어가 일하면서 지식을 쌓고 데이비드 헤브리너는 전 세계 학술지를 돌아다니면서 이론을 정립하였지. 그렇게 무던한 노력을 하여 단 3년 만에 코어 발전 기술이라는 어마어마한 이론을 정립하고 실효를 거두는 데 성공했어. 두 사람은 이 기술력이 세상에 나가면 어렵고 힘든 사람들을 돕는데 대부분의 수익금을 사용하겠노라 다짐했어. 실제로 데이비드는 복지재단 설립까지 준비하고 있었지."

"그럼 이 기술을 빼돌린 사람들은 누구입니까?"

최주동은 고개를 가로저었다.

"몰라. 공식적으로 기술력을 빼돌린 사람들의 신상에 대해선 알려진 것이 없지. 하지만 단 하나, 제네시스 스쿼드라는 이름이 알려지기 시작했어. 자신이 제네시스 스쿼드의 정보원이었다면서 각 국가의 정보 단체에게 해당 이름과 실체가 담긴 USB를 던지면서 자폭한 것이 계기가 되었어. 지금은 그 정보원을 중심으로 반 제네시스 스쿼드 세력인 천주회가 결성되었고 말이야."

파면 팔수록 훨씬 더 복잡한 이야기에 강제는 술이 절로 넘어갔다.

꿀꺽!

"후우, 목이 타는군요."

"아마 그럴 테지. 나 역시 처음 이 얘기를 듣곤 꽤 많이 놀랐으니까 말이야."

최주동은 그에게 자신이 여기까지 온 이유에 대해 설명하였다.

"나는 이 사건을 단순한 비리사건으로만 생각했어. 그렇기 때문에 이렇게까지 큰 사건일 것이라곤 아예 상상조차 하지 못했었지. 그래서 한편으로는 중간에 수사를 접을까도 생각했지만 그건 검사의 자존심이 허락지 못했어. 때문에 끝까지 가보자는 생각으로 제네시스 스쿼드까지 들추다가 지금 이렇게 좌천되어 시골로 내려오게 된 것이지."

"국가정보원에서 무슨 조치를 취해주지는 않았습니까?"

"후후, 애석하게도 그들은 앞으로 대놓고 나설 처지가 못 되었어. 앞으로 나섰다가 끄나풀을 걸러내지도 못하고 동료들을 잃을 수도 있었으니까."

"으음, 그렇군요."

"아무튼 자네도 조심하게나. 그놈들은 보통 우리의 생각과는 많이 달라서 잘못 접근하는 순간 곧바로 황천길로 갈 수도 있으니 말이야."

"명심하겠습니다."

"아무튼 적산개발에 대해서 알아보고 싶다면 추천해 줄 사람이 있기는 있어."

"감사히 받겠습니다."

그는 한 경찰의 명함을 건넸다.

"최지동 경무관. 내 친동생이야."

"아아!"

"함께 조사를 했지만 나 혼자 좌천되고 동생은 중간에 빠졌어. 내가 눈치껏 녀석을 겉돌게 만들었거든. 덕분에 지동이는 살아남고 나 혼자 독박을 쓰고 좌천되고 말았지. 아마 그놈 성격에 가만히 있지는 않을 것이고, 지금까지 비밀리에 수사를 하고 있을 거야. 어차피 일이 이렇게 된 마당에 진급에 대한 미련은 버렸다고 했으니 말이야."

"협조 감사드립니다."

"감사는 무슨, 내 동생이 하는 일이 자네와 일맥상통하니 명함을 준 것뿐이야. 만약 만나거든 일찌감치 접고 낙향이나 하라고 전해주게."

강제는 쓰게 웃었다.

한때는 강직했던 검사가 도대체 얼마나 큰 충격을 받았으면 이렇게 쭉 퍼져 있는 것인지, 안타깝기 그지없었던 것이다.

"어허, 취한다! 이제 그만 마시고 싶군. 난 이제 지청으로 돌아가 볼 테니 자네도 자네의 갈 길을 가게나."

"예, 알겠습니다. 그럼 살펴 가십시오."

최주동은 테이블 위에 10만 원짜리 수표 몇 장을 올려놓곤 홀연히 사라져 버렸다.

*　　*　　*

불행 중 다행으로 일행 중 세 명만이 부상을 입었지만 그 부상자들의 상태가 자못 심각하여 어떤 이는 응급수술이 필요한 시점이었다.

화수와 일행들은 지금 당장 이곳에서 원격 수술을 펼칠 것인지, 아니면 창고까지 길을 뚫은 후에 수술장을 펼칠 것인지에 대해서 논의할 수밖에 없었다.

이곳에서 당장 환부를 절개해야 한다는 의견이 절반, 어서 빨리 지상으로 올라가 위생 상태를 확보한 후에 절개해야 한다는 의견이 절반이었다.

양쪽의 의견을 충분히 들어본 화수는 이제 자신이 결단을 내려야 할 때가 왔다는 것을 깨달았다.

하지만 사람의 생명을 가지고 결정을 내린다는 것이 결코 쉬운 일은 아니었다.

"으으윽……."

고통에 신음하고 있는 가브리엘을 바라보던 화수에게 동료들이 결단을 촉구하였다.

"대장, 어서 결단을 내려줘."

"맞습니다. 양단간에 결정이 내려져야 행동할 것이 아닙니까?"

가만히 생각에 잠겨 있던 화수가 이내 입을 열었다.

"나가자."

"이곳에서 나가자는 말씀이십니까?"

"아무리 생각을 해봐도 이곳에서 수술을 한다는 것은 무리야."

"하지만 이곳에서 나가자면 꽤 오랜 시간이 걸릴 겁니다. 아까도 보셨잖습니까? 그 엄청난 크기의 모래상어들 말입니다. 잘못하면 우리 모두 몰살을 당할 수도 있어요."

화수는 고개를 저었다.

"몬스터라면 내가 충분히 감당할 수 있다. 문제는 이곳을 나가서야. 마땅한 수술방을 차려 수술을 하기엔 시설이 너무 안 좋아. 그렇다고 기지까지 옮기자니 시간이 너무 많이 걸리고."

가브리엘이 화수의 손을 잡았다.

"…난 괜찮아. 버티는 데까지 버텨볼게. 그러니 너무 무리는 하지 말아. 한 사람 살리겠다고 이 모든 사람이 다 죽을 수는 없잖아."

화수는 더 이상 지체할 시간이 없다고 느꼈다.

"내가 길을 뚫을 테니 모두들 환자를 보호하면서 따라올 수 있도록. 부상을 입은 사람들은 멀쩡한 사람들에게 부축을 받고 따라오라고."

"예, 대장님."

그는 이내 드래곤 본 소드를 꺼내 들었다.

스르르르릉!

레서 드래곤의 뼈로 만들어진 이 장검은 강력한 한 방으로 몬스터들을 쓸어버리는데 결정적인 역할을 하게 될 것이다.

그는 검에 내가진기를 불어넣었다.

스스스스스……!

그러자, 그의 검이 새빨간 불을 뿜어내며 날카로운 비명을 질러냈다.

끼이이이이잉!

레서 드래곤의 뼈가 진기와 만나면서 공명하여 이와 같은 소리를 낸 것이었다.

이는 검이 싸우기 위한 최고의 컨디션이 되었다는 증명하는 일이었다.

그는 무작정 앞으로 내달리기 시작한다.

파바바밧!

그러자, 그의 주변으로 네 마리의 거대한 모래상어가 모습을 드러냈다.

쿠오오오오오!

모래를 부유하는 몬스터이니만큼 지느러미에 발톱처럼 생긴 갈퀴가 달려 있었고 머리는 단단한 암석처럼 생긴 뼈가 돌출되어 있었다.

온통 몸이 샛노란색인 이 몬스터는 두더지와 상어를 섞어 놓은 듯한 겉모습을 하고 있었다.

화수는 검을 아래로 내려 쥔 후, 검강을 앞으로 짓갈기며 나아갔다.

"섭풍삭!"

휘리리리리릭!

그의 붉은색 검강이 앞으로 쏘아져 나가자, 동시에 두 마리의 모래상어가 머리를 잃고 그 자리에 피를 뿜으며 쓰러졌다.

푸하아아아악!

상어들은 그의 일격에 무려 두 마리의 동료를 잃곤 곧바로 모래 안으로 숨어들기 시작하였다.

사사사사사삭!

순식간에 사라진 상어는 아래로 흘러내리는 모래 속을 부유하며 기회를 노렸다.

화수는 동료들에게 조심할 것을 일렀다.

“놈들이 어디서 튀어나올지 아무도 몰라. 그러니 정신 바짝 차리라고.”

“예!”

정신을 집중한 채 모래의 흐름을 예의 주시하고 있던 화수의 감각에 아주 미세한 꿈틀거림이 느껴졌다.

사그르륵!

화수는 그 즉시 검을 모래 안으로 찔러 넣었다.

“파천일격!”

촤좌자자자작!

검붉은 뇌전과 불길이 모래 안으로 파고들어 화수와 일행을 덮치려던 몬스터를 단숨에 찍어내렸다.

퍼억!

끄아아아아앙!

화수는 녹색 피를 뿜어내는 상어의 속으로 다시 한 번 검을 찔러 넣어 확인 사살을 했다.

푸하아아악!

이제 남은 것은 단 한 마리, 화수은 오히려 더욱 긴장하였다.

지금까지 잘 해오다가 마지막에 방심하여 피해를 입는다면 가브리엘은 더 이상 목숨을 부지할 수 없을 것이기 때문이었다.

'한 방이다. 저놈이나 나나 한 방이면 끝이다.'

물론, 몬스터가 한 방 먹인다고 해도 화수는 멀쩡하겠지만 가브리엘은 그렇지 않을 것이다.

때문에 화수와 놈 사이에는 오로지 한 방만이 존재하는 싸움이 벌어진 것이었다.

휘이이이잉……!

순간, 불어오는 바람 사이로 뭔가 아주 약간 비릿한 냄새가 풍겨났다.

화수는 그 즉시 자신의 전방에 보이는 모래사장으로 검기를 쏘아 보냈다.

"이놈, 찾았다!"

콰과과광!

폭발이 일어나면서 그 안에 숨어 있던 상어가 모래 위로 튀어 올라왔다.

크아아아앙!

하지만 화수가 쏜 검기가 놈의 돌출된 머리뼈에 맞으면서 약간 빗나가게 되었다.

덕분에 목숨을 건진 놈은 미친 듯이 화수와 동료들을 향해 달려오기 시작했다.

크오오오오오!

"제, 제기랄!"

이 상태라면 아무리 화수가 놈을 효과적으로 제거한다고 하더라도 가브리엘이 상처를 입는 것은 어쩔 수 없는 수순이었다.

"큰일입니다! 어서 환자를 보호합시다!"

"으으으윽!"

눈을 질끈 감은 동료들 사이로 화수의 신형이 번개처럼 움직였다.

파바밧!

그는 빠른 속도로 내달려 상어의 상부 측변으로 날아갔다.

그러곤 힘껏 주먹을 내질러 놈의 안면부를 후려쳐 버렸다.

빠악!

그러자, 상어가 중심을 잃으면서 저만치 나가 떨어져 버렸다.

쿠구구구궁!

한차례 주먹을 얻어맞은 상어는 잠시 주춤거리며 그 자리에서 한동안 일어나지 못했다.

화수는 이때를 노려 동료들을 지상으로 올려 보냈다.

"달려, 어서! 마무리는 내가 한다!"

"오케이!"

동료들이 달려 나가는 순간에 맞춰 눈을 뜬 상어가 미친 듯이 달려오기 시작했다.

사사사사사삭!

화수는 동료들이 자신의 등 뒤에 있음에 안심하였다.

"이 새끼, 오늘 아주 제대로 송장을 치러주마!"

그는 주먹에 한껏 진기를 불어넣은 후에 권풍을 날렸다.

"파천신장!"

우우우우웅……!

순간, 상어는 자신의 얼굴로 날아들 저 검고 붉은 구체를 바라보며 아주 잠시 눈을 감았다.

끼이이잉…….

자신도 모르게 눈을 감을 정도로 두려웠던 괴물은 그 예상대로 엄청난 충격을 받으며 나가 떨어져 버렸다.

쿠구구구구궁, 쾅!

끄웨에에엑!

이빨이 탈탈 털려서 순백색 향연을 일으키는가 하면 턱뼈가 으스러지면서 침이 피에 섞여 한없이 흘러내렸다.

크헥, 크헥!

안타깝게도 숨만 간신히 붙어 있는 상어 괴물을 바라보며 화수가 물었다.

"쯧, 네놈도 생명일 텐데 왜 이런 말도 안 되는 사건에 휘말렸을까?"

끄으응…….

그는 마지막으로 놈의 두개골을 박살 내어 숨통을 끊어버렸다.

스스스스, 빠가가각!

진기에 의해 산산조각이 나버린 두개골 사이로 놈의 골수와 파란색 코어가 튀어 나왔다.

화수는 골수를 손으로 털어낸 후에 코어만 취하였다.

이제 이것을 가지고 올라가 수술에 사용하게 되면 아무래도 조금은 효과가 있을 것이라고 생각했다.

그는 황급히 지상으로 향했다.

*　　*　　*

한편, 본진에서는 한바탕 난리가 벌어졌다.

엄청난 숫자의 투명인간들이 고폭탄을 뚫고 본진 바로 앞까지 진격해 들어왔기 때문이었다.

콰과과과광!

―제1 구역, 제2 구역 돌파! 저놈들에게 고폭탄은 아무런 소용이 없는 것 같습니다!

"제기랄, 이 사태를 어쩌면 좋단 말인가!"

화수 대신 이곳의 지휘를 맡은 김예린은 과연 어떤 선택을 해야 자신과 동료들이 살아남을지에 대해 고뇌하기 시작했다.

하지만 아예 모습을 볼 수도 없는 적에게 전략 전술을 구사한다는 것은 처음부터 말이 안 되는 일이었다.

심지어 지금 부대를 구축하는 화력 중 상당수가 빠져 있었기 때문에 기껏 해봐야 남는 것은 박격포와 소총 정도였다.

이 정도의 장비로 정체도 모르는 것들과 싸운다는 것은 있을 수도 없는 일이었다.

"큰일이군……."

고민에 빠져 있던 그녀에게 병상에 누워 있던 레이시스가 다가왔다.

"이럴 때엔 특별한 생각을 할 필요가 없어."

"그럼 어쩌란 말인가요? 가만히 손 놓고 가만히 있다가 다 같이 죽자고요?"

"죽긴 누가 죽어? 우리는 안 죽어. 죽는 것은 저놈들이다."

"뭔가 좋은 수가 떠오른 모양이지요?"

"묘수라고 하기엔 좀 무리가 있지만 제대로 된 사격 한번 해볼 수 있는 기회는 생기겠지."

그는 얼마 전에 보았던 모래바람에 대해 상기해 냈다.

"우리가 이곳에 오기 바로 전에 보았던 현상에 대해 기억하나? 모래바람에 맞아 놈들의 형태가 아주 어렷하게 보였던 것 말이야."

"그랬던 적이 있었죠."

"그렇다는 것은 저놈들이 아주 완벽한 투명 상태는 아니라는 소리야. 어찌 되었든 간에 입자가 묻으면 눈에 보인다는 소리잖아?"

"그건 그렇지요."

"그럼 방법이 이미 나왔네."

순간, 그녀가 무릎을 쳤다.

"아아, 페인트!"

"그래, 페인트. 만약 그것을 뿌리기가 힘들다면 연막탄이라도 사용해서 놈들의 얼굴을 볼 수 있을 거야. 굳이 레이더를 사용하지 않아도 된다는 소리지."

"그것참 좋은 아이디어네요!"

"때마침 이곳은 창고라 방수 페인트가 가득하니 그것을 효과적으로 분사할 수 있는 방법만 있다면 만사형통이야."

"분사라."

그녀는 창고의 지도를 펼쳐 보았다.

지도에는 창고의 세세한 구조에 대해 나와 있었는데, 그중에서도 소방 시설에 대한 예시가 나와 있었다.

이곳의 소방 시설은 지하의 물탱크에 지하수를 채워 불을 진화하는 방식인데 지금은 순환 펌프가 고장 나서 물이 제대로 돌지 못하고 있었다.

고인 물은 썩게 마련이라 며칠에 한 번씩 지하수 펌프를 이용하여 물을 교체해 주는데, 지금은 몇 주일째 물이 돌지 못하고 있는 실정이다.

이것은 창고를 관리하는 사람의 입장에선 큰일이지만 야차중대에겐 희소식이었다.

"지금은 물이 고여 있으니 이곳에 페인트를 풀고 그것을 분사하면 되겠군요."

"좋은 방법이야. 물대포로 놈들을 밀어내는 것과 동시에 정체를 파악하기 쉬워지겠군."

"바로 그거죠."

"그럼 지체할 것 없이 곧바로 움직이지."

"그래요."

그녀는 부하들에게 살수 탱크에 페인트를 섞어 적들의 몸에 분사시킬 수 있도록 준비하였다.

그리고 자신 스스로는 소화전을 풀어 창문 밖으로 호수를 쭉 빼놓고 그것을 고정할 수 있는 삼각대를 받쳐놓았다.

이젠 지하에서 물을 조달하게 되면 창밖으로 살수기가 물을 밀어내어 놈들의 머리 위로 떨어져 내릴 것이다.

—지하실, 직업 완료했습니다.

"좋아, 그럼 살수를 시작한다!"

끼릭, 끼릭…….

잠시 후, 그녀가 잡고 있던 살수기로 아주 묵직하고 강력한 울림이 전해졌다.

푸하아아아악!

그녀는 살수기를 잡고 사방에서 달려드는 적들의 머리 위에 물을 뿌려댔다.

촤라라라락!

그러자 놈들의 모습이 아주 선명하게 보이기 시작한다.

크르르르릉.

놈들은 아주 두꺼운 갑옷과 그에 걸맞은 덩치를 가지고 있었는데 놀라운 것은 그것들을 조종하는 사람들이 따로 있다는 점이었다.

기계화 몬스터의 뒤에 사람이 탑승하여 그것을 조종하는 방식이었던 것이다.

"사람……?!"

"그렇다면 지금까지 일어났던 모든 일들이 전부 사람에 의해서 벌어졌던 일이란 말이야?!"

"지금으로선 그렇게밖에 설명할 수가 없네요."

"세상에, 이보다 더 허무한 일이 있을 수가 있나?"

"아무튼 이젠 파훼법이 생긴 거예요. 저놈들의 조종사를 저격하게 되면 제아무리 기계화 몬스터라고 해도 꼼짝할 수 없을 테니 전투가 한결 수월해질 겁니다."

"으음, 그래! 저격이라면 나도 자신 있어!"

김예린은 지하로 내려갔던 부하들에게 현재의 상황에 대하여 설명하였다.

"투명인간들은 기계화 몬스터로 그것들을 조종하는 것은 인간들이다."

—허어! 그런 말도 안 되는…….

"고로, 인간들만 쏴 죽이면 일이 쉽게 마무리될 것 같다. 그러니 모두 무기를 들고 창고 지상 3층으로 올라올 수 있도록."

—입감.

대처 방법을 찾았으니 이제 저들을 제압하고 주도권을 빼앗아 오는 일만 남은 셈이다.

그녀는 레이시스와 함께 나란히 서서 놈들의 머리에 조준경을 가져다 댔다.

"후우……."

"사격 개시!"

핑핑핑!

지정 사수 소총이 불을 뿜자, 놈들의 머리 위에 탑승하고 있던 조종사들의 안면에 총알이 떨어져 내렸다.

하지만 애석하게도 총알은 힘을 발휘하지 못했다.

티잉!

"몬스터 합금인가?"

"그렇다면 합금탄을 써야겠군."

"하지만 몬스터 합금탄은 대물 저격총 이상의 구경이 아니면 제 힘을 발휘하기 힘들어요. 잘 알잖아요?"

"맞는 얘기이지만 그것은 어디까지나 사수의 역량에 따라 달라지는 거야. 아주 정밀하게 정중앙을 조준한다면 탄의 날카로움이 배가되어 충분히 뚫을 수 있다고."

"으음, 그럴까요?"

"잘 봐. 내가 시범을 보여줄게."

철컥!

총탄을 바꾸어 낀 레이시스는 호흡을 가다듬고 방금 전 살아남았던 조종수의 머리를 다시 한 번 가누었다.

"후우……."

길고 안정된 호흡을 내뱉은 레이시스가 사격하였다.

타앙!

그러자, 조종수의 방탄 헬멧이 뚫리면서 새빨간 선혈이 사방으로 튀어나왔다.

푸하아아악!

"명중이다!"

"거봐, 내가 뭐라고 했어? 충분히 할 수 있다고 했지?"

"정말이군요!"

조종사가 죽어나가자, 기계화 몬스터는 중심을 잃고 쓰러져 내렸다.

쿠웅!

사람이 죽어버린 기계는 그제야 제 모습을 드러냈다.

스스스스스……!

기계는 꽤나 복잡한 구조로 되어 있었는데 그 표면에는 은색판이 전깃줄과 연결되어 있어 마치 태양광 발전기를 보는 듯한 느낌이 들었다.

레이시스는 저것이 무엇인지 금세 알아챘다.

"카모플라주 방탄……!"

"그게 뭔데요?"

"얼마 전에 미군에서 개발하였다가 도둑을 맞은 기술이야. 국방부가 해킹을 당하면서 데이터가 날아가고 그것을 빼돌린 흔적만 남게 되었지."

"으음."

"몬스터 코어 합금에 적정량의 전류와 자기장을 가하게 되면 궁극의 단단함과 불가시 현상이 일어나게 되나 봐. 자세한 내용은 나도 잘 모르지만 저것이 대단한 하이테크놀로지인 것은 분명해."

"저놈들, 일부러 작정하고 이곳을 점령한 것이로군요."

"제네시스 스쿼드가 애초에 이곳을 실험장으로 만들었음이 분명해. 어서 이곳을 불태우는 것이 좋겠어."

캐면 캘수록 새로운 사실이 드러나는 제네시스 스쿼드의 정체에 이제는 혀를 내두를 힘도 없어진 두 사람이다.

제4장

반격

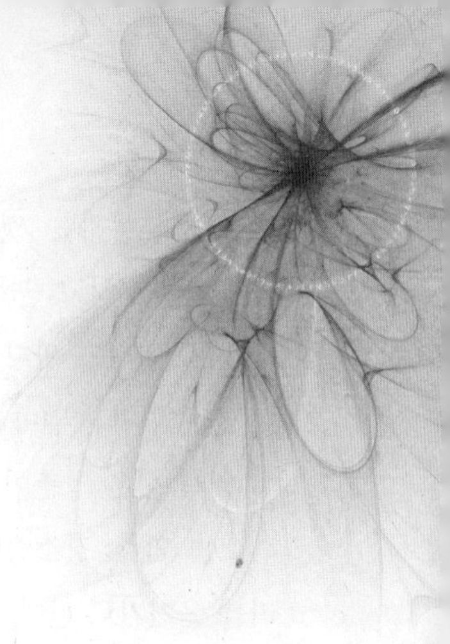

경찰 본청 소속 최지동 경무관은 형의 지인이라는 강제를 반갑게 맞이하였다.

그는 벌써 몇 년째 형을 보지 못했다며 볼멘소리를 했다.

"형이라는 사람이 동생 얼굴도 한번 보러 오지 않다니, 정말 무심한 양반이야."

"제가 볼 땐 낙향을 준비하고 계셨던 것 같습니다. 경무관님도 함께 낙향했으면 하는 바람이셨던 것 같고요."

"후후, 이 나이에 벌써 낙향하면 어떻게 하나? 할 일이 태산인데."

술을 좋아하는 것이 집안 내력인 모양인지 최지동은 대낮임에도 불구하고 술자리를 권했다.

"형을 만나고 왔다면 진탕 마셨을 것인데, 한잔 더 괜찮나?"

"물론입니다. 얼마든지 마실 수 있습니다."

"역시 젊은 청춘이 좋기는 좋군그래."

그는 약속 장소였던 카페를 나서 영등포의 포장마차로 자리를 옮기기로 한다.

"늙은 노파가 혼자서 하는 집인데 대낮에 장사를 했다가 초저녁이면 문을 닫아. 아는 사람만 아는 가게라서 조용하고 맛도 예술이지."

"그럼 그곳으로 가시죠."

"좋네. 영등포까지 지하철로 이동하자고."

"그러시지요."

서대문에서 지하철을 타고 영등포로 가는 동안 두 사람은 적산개발에 대한 얘기를 나누기로 했다.

수없이 들어차는 인파 틈바구니로 간신히 중심을 잡고 선 두 사람은 오로지 서로의 얼굴만을 쳐다보며 얘기에 집중하였다.

"적산개발은 제네시스 스쿼드의 앞잡이라고 볼 수 있네. 조직의 씨알이 상당히 굵고 글로벌적이지. 조폭은 물론이고 야쿠자에 흑사회까지, 두루두루 넓게 분포한 범죄 집단이라고 볼 수 있어."

"중국과 일본까지 영역을 두고 있다니, 그렇다면 그들의 활동영역이 굳이 한국에 국한되어 있지는 않겠군요."

"바로 맞추었네. 그들은 한국에서만 활동하는 범죄 조직이 아니야. 일본과 중국에 거점을 마련하고 주 활동 무대를 동북아시아 전역으로 잡고 있지."

"허어……."

"자네가 조사하였던 이 사건, 빙산의 일각에 불과하네."

그는 일본과 중국에서 벌어졌던 여러 테러사건들과 정치인 납치 공작에 대한 정보가 담긴 파일을 열어서 강제에게 보여주었다.

"아마 유엔에선 이미 알고 있을지 모르겠네만 사라진 중국의 중앙정치국 상무위원과 일본 부총리 역시 이들의 소행인 것 같아. 인터폴은 물론이고 각 정보국에서도 그렇게 예상하고 있지."

"그렇다면 적산개발을 쳐서 뿌리를 뽑으면 될 일 아닙니까?"

최지동은 고개를 저었다.

"그렇게 쉽게 얘기할 문제가 아닐세. 전갈파를 숙청한다고 한바탕 난리를 춘다고 해서 달라질 것이 없어. 점조직 형태로 되어 있다가 중요한 순간에 다시 똘똘 뭉치는 그들이기 때문에 뿌리를 뽑는 것 자체가 어불성설이지. 만약 우리가 저놈들을 건드려 놓으면 오히려 세력을 확장시키려 혈안이 될 거야. 저놈들은 괴물이라서 두들겨 맞으면 맞을수록 덩치가 더 커지거든."

"흠……."

"그리고 이건 내 사견인데 아무래도 북미와 남미에도 전갈파와 같은 끄나풀들이 더 있는 것 같아. 아예 국제적 마피아 조직을 하나 접수해서 끄나풀로 사용하고 있는 것 같기도 하고."

"제네시스 스쿼드의 역량이 엄청나군요."

"그놈들은 꽤 오래전부터 이 일을 준비해 왔어. 역량이 클 수밖에."

여기서 강제는 한 가지 의문점이 들었다.

"그런데 말입니다, 제네시스 스쿼드는 왜 이렇게까지 인류를 파괴하는데 집착하는 것일까요?"

최지동은 천주회의 수장으로 알려진 엘란 화이트의 말을 인용하여 설명하였다.

"엘란 화이트가 말했지. 그들은 파괴만이 인류를 재건할 수 있는 유일한 길이라고 말이야. 창조주가 심판을 내리는 대리인으로 자신들을 선택했다고 믿는 것이지."

"세상에……."

"아마 그들은 자신들이 신의 사자라고 믿고 있기 때문에 이 것이 죄가 된다는 사실조차 모르고 있을지도 몰라. 제네시스 스쿼드의 수장은 이미 오래전에 죽었지만 그를 신의 아들로 추종하는 세력이 남아 이렇게까지 엄청난 일들을 벌이고 있는 것이지."

스스로를 신의 아들이라 칭하는 종교는 많지만 제네시스 스쿼드의 경우엔 조금 더 특별한 케이스였다.

자신들이 새로운 창세기를 쓸 주역들이라 믿어 의심치 않고 있었던 것이다.

"소식통에 따르면 엘란이 얼마 전에 제네시스 스쿼드의 7대 수뇌부 중 한 사람과 면담을 했다고 하더군."

"면담이라. 결과는 어떠했답니까?"

"참담했지. 잘 알지 않나? 괴사를 일으키는 바이러스가 창궐한 것 말일세. 그가 말했다더군. 사람을 죽이는 대신 말려 죽이겠다고 말이야. 만약 자네가 아니었다면 이 세상은 진즉에 멸망했을지도 몰라."

말로만 들어도 이렇게 답답한데 실제로 그들과 마주한다면 과연 기분이 어떨지 상상조차 할 수 없는 강제였다.

잠시 후, 지하철을 환승해야 할 지점에 도달했다.

"자, 내리지. 이제 환승해서 몇 정거장만 더 가면 바로 포장마차야."

"예, 알겠습니다."

강제는 그를 따라서 부지런히 움직였다.

* * *

대략 50분쯤 지하철을 타서 도착한 곳은 영등포의 교각 아래에 위치한 아주 허름하고 오래된 실내 포장마차였다.

이곳에 포장마차가 있다는 것을 알아채는 것조차 힘들 정도로 구석에 있기 때문에 단골이 아니고서는 언감생심 찾아올 엄두도 낼 수 없을 듯싶었다.

최지동은 꼼장어 구이에 닭똥집 볶음을 시켜놓고 안주가 나오기도 전에 소주를 두 병이나 연달아 들이켰다.

꿀꺽, 꿀꺽!

"크흐, 좋다!"

물론 따라 들어온 강제 역시 그와 보조를 맞추어 연달아 두 병을 비워냈다.

최지동은 강제가 참으로 마음에 든 모양이었다.

"유엔 조사관이라기에 샌님인 줄 알았더니 그건 아닌 모양이군."

"해병대 부사관 출신에 명색이 장교인데 이 정도도 못 마시면 쓰겠습니까?"

"하하, 그런가?"

최지동은 술을 연거푸 마셔놓고 그제야 제대로 된 얘기를 꺼냈다.

"얼마 전에 중국 쪽에서 들어온 정보가 있어. 전갈파의 보스인 신세훈이가 지금 연해주에 머물고 있다고 말이야."

"전갈파의 보스라면 이 거대한 조직의 리더 아닙니까?"

"그래, 제네시스 스쿼드의 끄나풀이면서 동북아시아 주먹계의 큰손이라고 할 수 있지."

"하지만 그놈이 진짜인지 아닌지 어떻게 압니까?"

"신세훈이가 아주 젊었던 시절에 나도 얼굴을 본 적이 있어. 그러고 난 이후, 거물이 되어서도 직접 마주한 적이 있었지. 그놈은 진짜야. 의심할 나위 없는 진짜지."

오랫동안 형사 생활을 하게 되면 그에 걸맞은 감이라는 것이 생기게 마련이다.

최지동은 그런 감에 대해선 일가견이 있는 사람임으로 그의 육감이 신세훈을 지목했다면 거의 80%는 맞다고 볼 수 있을 것이다.

"신세훈은 위험한 놈이야. 성공을 위해서라면 물불 안 가리는 성격이지. 중국에서 우리에게 운을 뗀 것도 그놈이 무슨 짓을 벌일지 모르기 때문에 불안해서 저러는 거야. 내가 이 소식을 들으면 한국 경찰이 신세훈을 잡기 위해 움직일 것이라는 사실을 알고 있는 것이지."

"하지만 연해주는 현재 러시아 땅 아닙니까?"

그는 실소를 흘렸다.

"후후, 잊었어? 그놈들은 글로벌 조직이라니까? 러시아에서도 신세훈을 잡지 못해서 안달이야. 그놈의 목을 본국으로 가지고 가는 것이 문제가 아니고 제발 그놈이 사라져 사태가 잠잠해지기만을 기다리고 있다고."

"그렇군요."

"아무튼 간에 자네가 생각이 있다면 이번 수사에 끼워줄 의향이 있어."

"정말이십니까? 만약 그렇게만 된다면 저야 좋지요."

"다만 조건이 있어."

"말씀하십시오."

"죽어도 책임은 못 져. 우리가 연해주로 원정을 가는 만큼 신변을 보장받을 수 없다는 소리야. 러시아 경찰이 도움은 줄지언정 죽어도 아는 척은 못 해줘. 그래도 갈 텐가?"

그는 흔쾌히 고개를 끄덕였다.

"물론입니다. 어차피 누가 알아주기를 바라서 이 일을 하는 것도 아니고, 타지에서 외롭게 죽는다고 해서 억울할 것도 없습니다."

"자세 하나는 대단하군. 자네 같은 사람이 사법부에 있어야 하는데 말이지."

"과찬이십니다."

그는 강제에게 비행기 티켓을 건넸다.

"삼 일 후, 자정에 출발하는 비행기일세. 나와 함께 출발하여 수사할 것이니 만반의 준비를 할 수 있도록 하게."

"잘 알겠습니다."

말을 마친 두 사람은 이제 본격적으로 술판을 벌이기로 한다.

"자, 그럼 이제 딱딱한 얘기는 접고 슬슬 마셔볼까?"

"좋지요."

그들은 소주를 산더미처럼 쌓아놓고 술을 마시기 시작했다.

* * *

지상으로 올라온 화수는 동료들의 광대역 무전을 통하여 현재 상황을 파악하게 되었다.

한창 전투가 벌어지고 있는 상황이라서 당장 가브리엘을 치료할 수 있는 방법이 없다는 것이 결론이었다.

하지만 화수는 이대로 포기할 수 없었다.

그는 창고에 있던 의료함을 열어 링거와 주삿바늘을 찾아냈다.

화수는 링거 안에 내공을 흘려 넣은 후, 그것을 잘 섞어서 그녀의 팔에 주사하였다.

스르르릉……!

붉은빛이 도는 링거를 맞은 가브리엘은 빠르게 안정을 찾아 나갔다.

"후우……."

"일단은 한 고비 넘겼어."

"도대체 뭘 어떻게 한 거야?"

"설명하자면 복잡하지만 확실한 것은 이게 근본적인 치료 방법이 아니라 그저 시간을 버는 것뿐이라는 거지."

이것은 내공을 수혈하여 사람의 목숨을 연장시키는 방법인데 상처를 치료할 수 있는 근본적인 대책은 아니었다.

만약 이대로 반나절 이상 시간이 지난다면 그녀는 패혈증에 걸릴 수도 있고 과다한 내출혈로 쇼크가 올 수도 있었다.

점혈하여 상처를 지혈한 것은 맞지만 그것은 안에서 피가 고이도록 하는 것일 뿐이지 치료는 아니었기 때문에 이 역시 수술은 불가피하였다.

그렇다면 이제 남은 것은 화수와 동료들이 그녀를 데리고 얼마나 빨리 본진으로 돌아갈 수 있느냐가 관건이었다.

화수는 일단 본진으로 달려가 의료진과 조우하여 그녀의

상처를 절개하고 응급수술에 들어갈 수 있도록 계획을 짰다.

하지만 그곳까지 뚫고 들어가는 것이 쉽지 않았다.

"지금 본진까지 가려면 대략 30분 정도 걸어가야 해. 그 이후엔 그녀들이 알아서 처치를 할 테니 우리는 옆에서 심부름만 하면 되고."

"그렇지만 저 투명인간들이 더 몰려오지 말라는 보장이 없잖아?"

"그건 걱정하지 마. 이제 우리에겐 스캐너가 있잖아. 저놈들이 아무리 몰려와 봤자 이제는 소용이 없다는 소리지."

"으음, 그건 그렇군."

제아무리 화수라고 해도 보이지 않는 적으로부터 동료들을 보호하기란 그리 쉬운 일이 아니었다.

오감이 발달했다고는 해도 숫자가 워낙 많아서 전역을 커버할 수가 없었던 것이다.

하지만 이제는 광대역 스캐너를 통하여 적들의 위치를 정확하게 잡아낼 수 있으니 제아무리 많은 숫자의 적이 쳐들어와봤자 한주먹거리에 불과했다.

이제 남은 숙제는 얼마나 그녀와 빨리 조우하는가였다.

화수가 먼저 달려가 그녀와 조우하면 얘기가 쉽겠지만 지금으로선 적의 습격에 대비해야 하기 때문에 함부로 움직일 수가 없었다.

"인내심을 가지고 움직이자. 조급해선 일을 그르칠 뿐이니까."

"예, 대장님."

그는 동료들과 함께 천천히 제3 구역으로 향했다.

* * *

휘이잉……!

바람이 불어오는 발전소 제3 구역에 투명인간들이 페인트를 묻힌 채 걸어 다니고 있다.

철컹, 철컹!

그 모습을 숨죽여 지켜보는 이가 있다.

"…저놈들, 아무래도 정말 소리가 안 들리면 어찌할 도리가 없는 건가?"

"그러게 말입니다. 저 안에 탑승한 것은 분명 인간이라고 했는데, 어떻게 된 것일까요?"

"글쎄. 자세한 것은 모르겠지만 한번 잡아서 족쳐보면 알게 되겠지."

강유는 창고 지붕에서 조용히 대기하고 있다가 한 번에 날아서 적의 뒤통수에 내려앉기로 했다.

그는 날아가기 전, 동료들에게 숨을 죽일 것을 신신당부하였다.

"내가 무슨 일을 당하든 간에 절대로 움직여선 안 돼. 잘 알지?"

"네, 알겠습니다."

약속까지 받아낸 그는 곧바로 초상비를 밟았다.

파바바바밧!

바람을 타고 날아간 그는 정확하게 적의 뒤통수를 주먹으로 휘갈겨 버렸다.

"이거나 먹어라!"

퍼억!

황색 불꽃이 튀기면서 단단한 유리창이 깨져 버렸다.

쨍그랑!

이윽고 그는 유리창 안으로 파고들어 그 안에 탑승하고 있는 사람과 조우하게 되었다.

그런데 그의 생김새가 조금 이상한 것 같았다.

"꼬르륵, 꾸에에에엑?"

"…사람이 맞긴 한 건가?"

눈과 입이 거의 퇴화되었고 온몸이 끈적끈적한 진액으로 둘러싸여 있어서 사람이라기보다는 외계인에 가까운 몰골이었다.

과연 말이 통할지도 의문이었지만 일단 그를 끌어내어 족쳐

보기로 한다.

"이리 나와!"

온몸 구석구석에 연결되어 있던 호수와 촉수들을 끊어버리고 그를 밖으로 끌어내니 마치 물고기처럼 발작을 일으키기 시작했다.

파드드드드득!

축축한 진액과 함께 어우러진 그의 발작은 보는 이로 하여금 비위가 무척 상하게 만들었다.

"…제기랄, 차라리 기절을 해라."

빠악!

의문의 인간의 뒤통수를 쳐서 기절시킨 강유는 그를 들쳐메고 곧장 초상비를 전개하였다.

파드드드득!

그러자 놈들의 시선이 강유에게로 쏠리기 시작했다.

끄에에에에엑!

"젠장, 이럴 때에만 눈치가 빠르군그래."

강유는 동료들을 어서 창고 안으로 들여보냈다.

"어서 들어가! 저 안으로 들어가면 어떻게든 되겠지!"

"알겠습니다!"

이내 창고 안으로 안전하게 들어간 일행들은 문을 꼭꼭 걸어 잠그어 버렸다.

* * *

제3 구역을 향해 가던 화수 일행에게 조금 이상한 기류가 불어 닥친다.

휘이이잉……!

"바람이 위에서부터 수직으로 떨어져 내리는데요?"

"수직으로 떨어져 내린다……."

화수는 광대역 스캐너를 꺼내어 즉시 작동시켜 봤다.

삐비비빅……!

스캐너는 대략 15인치 정도 되는 화면과 전파 수신기로 이뤄져 있다.

발전소 북부에는 군사용 위성과 레이더 등과 연동되는 초대형 안테나가 설치되어 있는데 스캐너는 이것을 토대로 정보를 수신받는 것이다.

특히나 각 지역에 설치되어 있는 군사용 레이더는 마이크로미리까지 정밀 수색이 가능하기 때문에 현 지역을 커버하는 것쯤은 일도 아니었다.

스캐너는 각 지역을 입자 단위로 나눈 후, 그것을 다시 3차원 영상으로 재구성하여 화면에 출력하도록 되어 있다.

화면에는 현재 이 지역에 대한 상세한 정보와 3차원 그래픽

이 출력되어 있었다.

하늘과 땅으로 나뉜 그래픽 속에는 조금 특이한 형태의 비행 물체가 출력되어 있었다.

"헬기……?"

"저소음 헬기입니다. 얼마 전에 우리도 사용했었지만 그보다 훨씬 더 진보한 모델입니다."

"그렇다면 저것도 불가시 행동이 가능하단 말인가?"

"걸어 다니는 생명체도 투명하게 만드는데 저 정도야 별것 아니겠지요."

3차원 그래픽 속에는 헬기 끝부분에 접시형 안테나 같은 것이 표현되어 있었는데 아무래도 저것이 전진기지 역할을 하는 것 같았다.

"지휘 체계가 저곳에서 이뤄지고 있는 것이 틀림없습니다."

"아주 치밀하게 이곳을 자신들만의 아지트로 만들어놓았던 것이군."

화수는 멀티플 런처를 든 김재성에게 사격을 명령하였다.

"이렇게 넓은 개활지에서라면 우리가 조심하여 사격할 필요가 없지. 단발에 떨어뜨려 버려."

"원하던 바입니다."

김재성은 멀티플 런처의 지대공미사일을 장전하였다.

우웅, 철컥!

이제 그가 방아쇠만 당기면 즉시 헬기가 아래로 떨어져 내릴 것이다.

"목표물 고정, 사격하겠습니다."

"발사!"

삐비비비빅……!

자동 목표물 고정 장치가 위성과 연계하여 정확한 좌표로 미사일을 쏘아 보냈다.

미사일은 단숨에 하늘 높이 날아가 헬기를 포격하였다.

콰앙!

"명중입니다!"

"좋았어!"

정확하게 헬기에 날아가 맞긴 했지만 어쩐 일인지 헬기는 아래로 곧장 떨어져 내리지 않는다.

아무래도 수직 이착륙이 가능한데다 헬기의 동력장치가 안으로 숨어 있기 때문에 내구성의 증강이 이뤄진 것으로 보였다.

"적이 도망친다!"

"맷집이 좋은 놈들이군!"

"다시 사격하라!"

"예!"

이번에는 확실하게 놈들을 족치기 위하여 지대공미사일이

아니라 레이저 라이플을 꺼내 들었다.

우우우웅……!

"충전 완료, 사격합니다!"

"발사!"

피융!

레이저 라이플이 직전으로 날아가 헬기의 꼬리 부분에 적중하였다.

끼이이이익……!

"적의 꼬리가 시야에 들어옵니다! 저놈들, 투명 갑판이나 반사판 같은 것을 덧댄 모양입니다!"

"빌어먹을 놈들, 카모플라주 방탄이다! 얘기만 들었지 실제로 존재하는 줄은 몰랐어."

잠시 후, 드디어 헬기가 지상으로 떨어져 내리기 시작한다.

다다다다……!

화수는 헬기가 떨어져 내리는 현장으로 즉시 신형을 옮겼다.

파바밧!

"여기서 대기할 수 있도록!"

"알겠습니다."

동료들을 모두 데리고 이동한다는 것은 시간 낭비이기 때문에 화수 혼자서 해당 지역을 수색하려는 것이었다.

대략 3분쯤 달려 도착한 추락 지역에는 헬기 파편과 함께 조종사와 부조종사가 나란히 누워 있었다.

그들은 탈출 타이밍을 제대로 잡지 못해서 헬기와 함께 떨어져 내린 것 같았다.

"쿨럭, 쿨럭!"

"운이 좋았군. 그래도 죽지 않고 살아 있으니 말이야."

"누, 누구냐?!"

"누구긴, 네놈들 때문에 죽을 뻔했던 사람들의 대장이다!"

화수는 아직까지 의식이 있는 조종사와 부조종사의 안면에 주먹을 한 대씩 털어 넣어주었다.

퍼어억!

"크허억!"

"네놈들에게 물을 것이 많다. 순순히 답하는 것이 신상에 이로울 거야. 지금 우리 팀원들이 아주 바짝 화가 나 있거든."

"…제기랄."

화수는 두 사람을 데리고 본진까지 걸어가기로 했다.

*　　*　　*

적과 조우한 지 30분쯤 지났을 무렵, 갑자기 투명인간들의 파상 공세가 멈추었다.

심지어 눈에 보이지도 않았던 그들의 실제 모습이 햇살 아래 고스란히 드러나게 되었다.

김예린과 레이시스는 이게 도대체 어떻게 된 일인가 싶었다.

"뭐, 뭐지? 갑자기 왜 저러는 걸까요?"

"글쎄… 자세한 내막은 저놈들 스스로만 알고 있겠지."

그녀는 무전기를 통하여 밖으로 나가 있던 수색팀을 연결하였다.

"여기는 둥지. 족제비, 무사한가?"

—이상 없다. 그런데 갑자기 이놈들이 왜 움직임을 멈춘 것이지?

"그건 우리도 알 수가 없다. 하여간 저놈들의 공세가 멈추었다는 것이 중요한 일 아니겠나?"

—뭐, 그건 그렇지.

잠시 후, 저 멀리서 광대역 무전기가 송출되어 온다.

—여기는 오소리, 둥지 응답 바람.

"여기는 둥지."

—적의 전진 사령부로 예상되는 헬기를 격추시키고 조종사와 부조종사를 사로잡았다. 이제 그놈들의 행동은 멈출 것이고 더 이상의 직접적인 위협은 없을 것으로 간주된다.

"오오……!"

—다만, 가브리엘이 심각한 상처를 입었기 때문에 황문식 중령은 지금 즉시 탈 것을 마련하여 이곳으로 올 수 있도록.

"입감!"

창고에는 2인용 오토바이가 구비되어 있었지만 눈에 보이지 않는 위협에 마주하고 있다 보니 쓸 기회가 없었다.

다행히도 지금은 적들이 행동을 멈춘 상태이기 때문에 가브리엘을 충분히 살릴 수 있을 것으로 보였다.

황문식은 즉시 오토바이에 시동을 걸고 해당 지역으로 이동하였다.

김예린은 황문식이 해당 지역으로 이동하는 동안 그녀에 대한 상태를 무전으로 전해 들었다.

"지금 수술이 필요한 시기인가?"

—응급처치로 어떻게든 시간은 벌었지만 앞으로 조금만 더 지체되면 상황이 어떻게 급변할지 전혀 예상할 수가 없다.

"알겠다. 그럼 지금 당장 수술방을 차리고 멸균 작업을 실시하겠다. 족제비는 지금 당장 본대로 복귀하여 획득하였던 물자를 옮기고 이예진 소령은 수술방 세팅에 동참할 수 있도록."

—입감.

아주 다급했던 상황이 지나고 이제 슬슬 여유가 생기는 것 같았다.

가브리엘의 수술은 무사히 끝나고 다리에 부상을 입었던 최지하 역시 적절한 조치를 받을 수 있게 되었다.

이제 야차 중대는 헬기에서 잡아온 인질들을 심문하기로 했다.

퍼억!

"쿨럭!"

"일단 입을 열기 전에 한 대 맞고 시작하지."

"…제기랄, 포로를 이렇게 막대하는 곳도 있나?"

"그럼 포로를 막대하지 신사적으로 대하기를 바랐나?"

화수는 이빨이 깨져 피를 질질 흘리고 있는 조종사에게 물었다.

"너희들은 어디서 온 놈들이냐? 그리고 저 징그러운 것들은 다 뭐야?"

"아마 설명해도 잘 모를 텐데? 워낙 하이테크놀로지의 기술력들이라서 말이야."

"그럼 알아듣게 쉽게 풀어서 설명하면 될 것 아니야?"

"글쎄, 그런 정도의 지식이 과연 네놈들에게 있을까?"

"이 새끼가 끝까지 사람을 열받게 하는군."

더 이상 말로는 통하지 않을 것이라고 생각한 화수는 심문의 방향을 고문으로 바꾸기로 했다.

"사람은 말이야, 좋게 말로 했을 때엔 말을 잘 듣지 않아. 하다못해 개도 먹을 것을 주면서 살살 구슬리면 사람을 따르게 마련인데, 사람은 그렇지가 않단 말이지."

"그게 사람과 개가 다른 점 아니겠나?"

"그렇지. 사람과 개가 다른 점이 바로 그것이지. 하지만 바로 그것 때문에 사람이 고통을 받고 결국엔 사망에 이르게 되는 것이다."

"……?"

"조금 아플 거다."

화수는 펜치로 그의 손톱을 아주 서서히 뽑아냈다.

뚜두두두둑!

"으, 으아아아아악!"

"후우, 좀 질기군. 안 되겠어. 소금 좀 뿌려서 절여놓을까?"

그는 자신의 바로 옆에 있던 가는 소금을 상처 부위에 살며시 뿌려 넣었다.

그러자 조종사는 미친 듯이 도리질을 치며 소리 질렀다.

"끄악, 끄아아악! 이런 씨발!"

"아직 멀었다. 손톱을 뽑으려면 시간이 조금 더 필요하거든."

"제기랄, 말하겠다! 말하겠다고!"

"으음, 이제 와서? 지금은 늦었지. 이미 내 마음이 차갑게 식어버렸거든. 최소한 손톱 서너 개는 뽑아놓고 얘기하는 것이 좋을 것 같아."

"아, 아니다! 나는 절대로 입을 다물 생각이 없었다! 다만 내가 살고 싶어서 조금 세게 나간 것뿐이야! 정말이야!"

"그런가? 생각보단 쉽게 입이 열리는 놈이로군."

"허억, 허억……."

그가 안심하고 있을 사이, 화수는 위로 들려 있던 손톱을 반쯤 잡아 빼버렸다.

뚜두둑!

"끄아아악!"

"이런, 손톱을 빼야 고통이 덜할 텐데 그렇게 못 해서 미안해. 그냥 이대로 조금만 더 버텨."

"으으윽, 으으으으윽!"

손발이 묶인 채로 손톱이 덜렁덜렁한 상태가 된다는 것은 상상 그 이상으로 고통스러운 일이었다.

이제야 화수는 그에게 제대로 된 심문을 시작하기로 했다.

"자, 그럼 대화를 시작해 볼까? 이젠 좀 사람 말을 듣는 자세가 되어 있겠지?"

"무, 물론이다! 원하는 것을 모두 말하겠다!"

"좋아. 이제 좀 일이 수월해지겠군."

화수는 그에게 물과 빵을 건네주었다.

"먹으면서 얘기하지."

"고, 고맙다……."

그는 떨리는 손으로 빵을 잡고 이야기를 풀어놓기 시작했다.

제5장
불쌍한 사람들

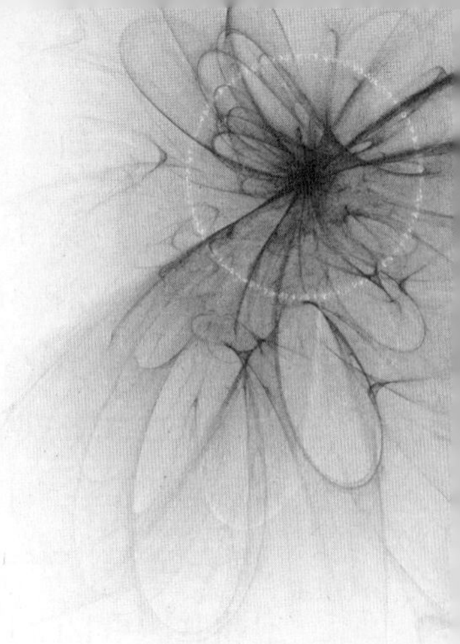

남자는 자신을 평범한 샐러리맨이라고 소개하였다.

"나는 노르웨이에서 가전제품을 파는 판매 사원이었다. 나이는 35세, 집에는 아내와 두 딸이 있었지."

"판매 사원이 헬기 조종을 한다고? 무슨 특수부대에 배속되어 있었나?"

그는 자신의 머리 뒤에 있는 작은 장치를 보여주었다.

"이건 외장하드와 비슷한 기능을 하는 장치다. 적어도 한 분야의 전문가가 되게끔 만드는 정보들이 모두 들어 있지. 나는 이곳으로 납치되어 맨 처음 외장 장치 실험을 받았던 사람이다. 물론, 그 성과는 대성공이었지."

"납치라는 것은 네가 이곳까지 오는데 자의가 하나도 섞이지 않았다는 건가?"

"절대로 그럴 리가 없다. 그 어떤 미친놈이 가정을 내팽개치고 이런 고통스러운 실험에 참여하겠나? 외장 장치를 심는 실험은 고통의 연속이다. 외적으로 힘든 일은 거의 없지만 매 실험마다 머리가 터질 것 같은 압박을 받지. 아마 모르긴 몰라도 정신과적 진단을 받는다면 중증 정신 질환을 앓고 있다고 진단될 거야. 나는 이제 정신이 파탄 지경에 이른 사람이 되어버렸지."

"그런 사연이……."

"이런 미친 실험장에서 빠져나가기 위해 수백 번이고 생각을 해보았다. 하지만 저놈들은 나의 아내와 아이들까지 모두 사로잡아 인질로 삼았다. 여차하면 실험실로 끌고 와 나와 같은 생체 실험을 하겠다고 협박하였지. 덕분에 나는 이곳에 갇혀 오가지도 못하는 신세가 되어버렸다."

사연이 아주 딱하긴 하지만 그래도 그가 이곳에서 저질렀던 죄가 모두 다 용서되는 것은 아니다.

화수는 그에게 제안을 하나 했다.

"잘 들어. 내가 너에게 선택지를 주겠다. 네가 우리에게 협조하여 이 실험실을 폐쇄시키는데 동조한다면 네 가족들은 유엔 조사단이 신변 보호를 해줄 것이다. 그리고 안전가옥이 있는 지역으로 이주하여 자식들의 교육까지 책임져 주겠다."

"…정말인가?"

"물론, 네가 이곳에서 지은 죄가 있기 때문에 본인은 국제 재판에서 그에 걸맞은 심판을 받게 될 것이다. 적당한 죗값을 치르고 나면 다시 일상생활로 돌아갈 수 있도록 유엔에서 지원을 해줄 것이고 말이야."

아마도 자신의 일생을 그리워하는 사람이라면 화수의 제안을 결코 뿌리칠 수가 없을 것이다.

그는 조심스럽게 화수의 말에 따르기로 했다.

"나를 배신하지 않는다는 보장이 있나?"

"당연하다. 만약 배신할 것이었다면 너와 내가 이렇게 마주 앉아 있겠나? 더욱 고통스럽게 고문하여 정보를 캐냈겠지."

"하긴……."

"자, 이제 선택해라. 너는 어떤 길을 가고 싶나?"

전자제품 판매원이자 두 아이의 아버지인 데이비드는 이내 결단을 내린다.

"당신을 따르겠다……."

"그래, 잘 선택한 것이다."

부조종사인 라크 역시 화수에게 투항하기로 일찌감치 마음을 먹고 있었다.

"나는 영국에 가족들이 있다. 처자식은 없지만 부모님과 여동생, 남동생이 있지. 그들을 보호해 줄 수 있겠나?"

"물론이다. 그리고 국제심판 이후에 적당한 일자리를 알아봐 주지. 어때?"

"조건은 아무래도 상관없다. 내 가족들만 무사할 수 있다면……."

"알았다. 그럼 당장 조치하도록 하지."

일단 작전으로 들어가기 전에 이들의 사정부터 챙기는 것이 우선이라고 생각한 화수는 작전을 준비하는 동안 광대역 통신으로 유엔과 대화를 시도하였다.

유엔은 이들의 사정을 듣고 나선 곧바로 오케이 사인을 보냈다.

—무슨 말씀인지 잘 알아들었습니다. 지금 당장 해당 국가의 특작부대에 기별하여 호위 병력을 배치하고 세이프하우스를 제공할 수 있도록 하겠습니다. 이제부터 이들의 신변은 우리 유엔에서 책임집니다.

"고맙습니다."

—천만의 말씀을요. 지금까지 장군께서 이루신 업적에 비하면 아무것도 아니지요.

사실, 화수가 지금까지 인류를 위해서 한 일을 돈으로 환산한다면 왕 대접을 받아도 시원찮을 것이다.

하지만 화수는 권력에 대한 욕심도 없거니와 전생의 죄를 속죄한다는 마음으로 살아가고 있기 때문에 아무런 대가를 바라지 않는 것이다.

지금 그가 가지고 있는 지휘와 회사들 역시 그가 바라서 받은 것은 아니기에 언제나 없어져도 상관없다고 생각하고 있었다.

다만, 그를 따르는 동료들을 생각하여 조금 더 사회적으로 행동하는 것뿐이었다.

유엔에게 확답까지 받은 데이비드와 라크는 더 이상 저들의 편에 붙을 이유가 없어졌다.

"우리의 길잡이가 되어주겠나?"

"물론. 우리가 지금 살아 있는 이유가 무엇이겠나? 가족을 지키자면 당연히 해야 할 일인데."

화수는 대원들에게 작전 준비에 대해 물었다.

"모두 준비는 마쳤나?"

"이제 출발하기만 하면 돼."

"좋아, 작전지역은 지도 표기상 알파 360이다. 우리는 이곳을 약칭 알파지역으로 명명하고 작전을 수행한다. 현 위치에서 김예린 중령이 부상자들을 데리고 작전 상황실을 운용하고 필요시엔 후방 지원을 실시한다."

"예, 알겠습니다."

"또한 작전 사령부의 방어를 위해서 최의원은 이곳에 남아 주었으면 한다."

"내가 후방?"

"너도 잘 알듯이 언제 놈들의 뒤를 칠지 아무도 모른다. 그 규모가 얼마가 될지도 모르고. 그런 상황에선 무력이 강한 사람이 뒤를 봐줘야 하지 않겠나?"

"으음, 그건 그렇군."

"아무튼 작전팀은 상황실과의 무전 연락망을 긴밀히 유지하고 유사시엔 즉각적인 조치를 받을 수 있도록."

"예, 알겠습니다."

"자, 그럼 모두 전술 궤도 차량에 탑승할 수 있도록."

"예!"

후방의 최산용 중령에게서 조달받은 전술 궤도 차량 안에는 각종 전투 물자와 능동형 박격포 등이 실려 있다.

아마 지금 당장 전투를 치르기에 부족함이 전혀 없을 것이었다.

"출발!"

야차 중대가 화수의 명령에 따라 신속하게 움직이기 시작한다.

*　　　*　　　*

작전지역 알파는 발전소 중앙 지역에 위치해 있는데, 총 15개의 섹터로 구분이 되어 있다.

섹터 1부터 5까지는 전력을 생산하는 지역이고 섹터 6부터 10까지는 에너지를 저장하고 그것을 섹터 11부터 15까지로 전달하는 기능을 한다.

섹터 11부터 15까지는 주로 연구와 부화를 담당하고 있어 모든 섹터를 통틀어 가장 큰 규모를 유지하고 있었다.

한마디로 지금까지 이곳에서 일어난 모든 사건이 섹터 11등에서 벌어졌다고 보는 것이 옳을 것이었다.

화수는 이번 작전의 의의에 대해서 설명하였다.

"섹터 1부터 10까지의 발전 시설을 점령하게 되면 우리는 북유럽 발전소를 다시 되찾게 된다. 그리고 11부터 15까지의 생산 시설을 파괴하고 그 안의 정보들을 탈취하게 되면 제네시스 스쿼드가 지금 무슨 일을 꾸미고 있는지 파악할 수 있게 될 것이다. 고로, 이 작전은 무조건 성공시켜야 한다는 소리다. 무슨 말인지 알겠나?"

"예, 알겠습니다."

사실, 따지고 보면 이곳의 모든 전력을 다 합쳐도 레비아탄 한 마리 없애는 것조차 힘들 테지만 그것은 어디까지나 상대적인 것이다.

지금의 상황은 지금 상황 나름대로 무척이나 위험하고 심각한 것은 틀림이 없었다.

때문에 화수는 긴장의 끈을 바짝 당기지 않으면 앞으로 무슨 일이 일어날지 모른다고 생각하고 있었던 것이다.

잠시 후, 궤도 차량이 섹터 1 앞에 멈추어 섰다.

"대장님, 작전지역 알파에 도착했습니다."

"좋아, 여기서 광대역 스캐너와 군사용 레이더를 작동시키고 멀티플 런쳐와 능동형 박격포의 진지를 구축하도록 한다."

"예, 알겠습니다."

궤도 차량은 네 개의 지지대를 외부로 빼낸 후에 그것의 아랫부분을 바닥으로 박아 넣어 자체를 고정시켰다.

위이이이잉……!

스크류 방식으로 개조된 지지대가 콘크리트 바닥을 파고드는 동시에 연결용 와이어가 건물 외벽과 바닥으로 날아가 박혔다.

까앙!

이제 어지간한 천재지변이 일어나지 않는 한 차체가 뒤집히거나 흔들리는 일은 벌어지지 않을 것이다.

궤도 차량은 운전석을 레이더실로 변신시키고 나머지 공간을 따로 분리하여 박격포와 멀티플 런쳐의 진지를 구축하였다.

철컥!

화물칸의 사방이 시야를 확보할 만큼만 열리고 높이 2미터의 멀티플 런처의 거치대가 중앙에 설치되어 런쳐의 진지가 만들어졌다.

그리고 그 바로 옆에는 두 번째 화물칸이 바닥을 포판 고정 레일로 바꾼 후에 자동 사격 통제장치가 설치되어 자동 방렬을 실시하였다.

이제는 포수와 탄약수 한 명이 위치하여 박격포를 운용할 수 있도록 충분한 역량이 갖추어진 셈이었다.

화수는 이곳에 폭파 전문가인 이예진 소령을 포수로 두고 정은우 소령을 탄약수 및 계산병으로 배치하였다.

도검류 전문가인 정은우 소령은 도검 제작에도 능통하지만 포병에서 생활을 한 적이 있기 때문에 계산이나 관측에도 뛰어난 자질을 보였다.

그는 이곳에서 무전을 받고 제원을 계산, 산출한 후에 그것을 이예진 소령에게 전달하는 역할을 할 것이다.

그렇게 되면 이예진은 알아서 제원을 산출하여 사격하기만 하면 되는 것이다.

화수는 황문식에게 이곳 전진기지의 총괄을 맡겼다.

"자네가 레이더를 운용하고 본진과 작전팀의 연결고리 역할을 해주게."

"예, 알겠습니다."

"그럼 작전 시작하도록 하지."

총 8명의 작전팀이 신속하게 궤도 차량을 빠져나와 알파지역 섹터 1로 향했다.

방패를 들고 선두에 선 화수가 무전기를 통하여 각 기지로 무전을 송출하였다.

"여기는 오소리, 알집, 둥지 등장 바람."

—여기는 알집.

—여기는 둥지. 수신 감도 양호하다.

"알겠다. 지금 우리는 섹터 1로 돌입한다. 위성 탐지기로 전방의 위험 요소가 있는지 확인 바란다."

황문식은 위성 탐지기를 작동시켜 전방을 스캔하였다.

삐비비빅…….

—전방에 이상 없다. 일단은 전진해도 좋을 듯싶다.

"입감."

화수는 조심스러우면서도 기민하게 움직여 알파 제 1 섹터를 점령해 나간다.

그는 부하들을 일일이 지정하여 각자 맡은 구역으로 이동하고 점령 작전을 펼칠 수 있도록 하였다.

아무런 말없이 수신호를 받은 부대원들은 발소리를 죽이며 재빨리 움직였다.

직사각형 모양의 발전기 안은 거대한 코어 하나와 그것에서 에너지를 추출하는 추출기 네 대로 이뤄져 있었다.

치지지지직…….

"약간의 스파크가 튀는군. 안정기가 고장 난 것인가?"

—자세히 보면 안정기가 고장 난 것이 아니라 과부화가 걸린 것을 알 수 있습니다. 아마 육안으로는 잘 안 보이시겠지만 스코프로 보면 코어 내부에 균열이 생긴 것이 보입니다.

"코어가 균열될 때까지 에너지를 빨아 쓴 것인가?"

—엄청나게 혹사를 시킨 것이지요. 이 정도 크기의 코어라면 거의 최상급에서도 좀처럼 구하기 힘든 물건일 텐데, 이것이 과부하가 걸릴 정도면 도시 하나가 미친 듯이 전기를 써도 모자랄 겁니다.

"몬스터를 부화시키는데 에너지가 많이 소모되는 모양이군."

—그렇게밖에 설명이 되지 않습니다.

"으음."

몬스터 코어는 너무 극심한 에너지 추출을 받으면 내부에서부터 균열이 생겨 결국에는 폭발을 일으키게 된다.

이 강력한 폭발 한 방이 가지고 오는 피해는 거의 메가톤급 핵폭탄과 비슷하기 때문에 코어의 과부하는 최대한 자제해야 할 사안이기도 하다.

아마도 이들은 인재가 발생하든 말든 상관하지 않고 자신들이 원하는 결과를 얻기 위해 실험을 자행하고 있는 것이 분명했다.

"섹터 1은 이미 폐기 처분 대상에 올랐다. 이것은 가동을 즉시 중지시키고 폐기하는 것이 옳다. 우리가 발전소를 점령한다고 해도 이것은 결국 못 쓰게 되겠군."

—북유럽 정치인들이 깨나 뼈아파하겠군요.

"별수 없지. 새로 코어 발전기를 설치하여 에너지를 조달하는 수밖에."

한국정부는 사태가 이 지경이 될 것을 예견하지 못하고 배상에 대한 조약을 구성하지 않았지만 코어를 다시 재설치해 주겠다는 뜻을 밝혔다.

엄밀히 얘기하자면 이 사태가 일어나기까지 내부적 문제가 가장 크게 작용했기 때문이었다.

이는 한국이 최대 코어 생산국이기 때문에 가능한 일이었다.

만약 코어를 생산하지 못하는 비생산국에서 이런 일에 직면하였다면 심대한 타격을 받았을 뿐만 아니라 책임을 지지도 못했을 것이다.

이 정도 발전소를 세울 정도의 코어를 가공하자면 수천 억에 달하는 재료와 인건비가 들어감으로 적어도 1조 원, 많게는 10조 원 이상의 돈이 들어갈 것이었다.

또한 그것을 설치하고 기존의 시설들을 철거하는 데 적지 않은 돈이 들어간다고 생각했을 때, 이와 같은 타격은 결코 있어서는 안 될 일이었다.

화수는 이곳을 재빨리 파기하기로 결정하였다.

“둥지, 응답 바람.”

—여기는 둥지.

“각 기수에게 코어 발전기 폐기에 대한 매뉴얼을 전송해 주기 바란다.”

—입감.

본진에서는 작전팀 개개인에게 코어 발전기를 안전하게 폐기하는 매뉴얼을 전송해 주었다.

매뉴얼에는 섹터 안에 적혀 있는 부품 번호를 숙지하고 그에 해당하는 대처 방법을 차례대로 시행하도록 설명되어 있었다.

화수 역시 자신이 맡은 중앙 제어장치의 퓨즈를 유심히 들여다보았다.

총 55개의 퓨즈 중에서 처음 세 개를 제거한 후에 대원들이 작업을 마치면 마지막 두 개를 제거해야 한다고 매뉴얼에 적혀 있었다.

그는 매뉴얼이 시키는 대로 세 개의 퓨즈를 제거하고 작업

상황에 대해 하달받았다.

"다들 작업은 잘 진행되고 있나?"

—완료되었습니다.

—이제 마무리하시면 됩니다.

"알겠네."

화수는 마지막으로 두 개의 퓨즈를 제거하였다.

딸깍.

중앙 제어장치는 다섯 개의 퓨즈가 빠짐에 따라서 내장되어 있던 가동 중지 장치를 작동시켰다.

[10초 후에 작동이 중지됩니다. 9, 8, 7……]

화수는 재빨리 다음 지역으로 이동할 것을 지시하였다.

"대열을 갖추고 섹터 2로 이동한다. 인원, 장비 이상 없나?"

"예, 그렇습니다."

"그럼 곧바로 이동한다."

야차 중대는 2열 전술 대형으로 갈라져 2번 섹터로 이동하였다.

* * *

마침내 도착한 섹터 2에는 이미 심각한 균열이 진행 중에 있었다.

아마 화수가 조금만 더 늦게 도착했더라면 섹터 2가 폭발을 일으키면서 나머지 네 개가 함께 연쇄 폭발을 일으켜 참변이 일어났을 지도 몰랐다.

"진짜 개자식들이구만."

"앞뒤 안 가리고 일을 벌이는 성격이 아니었다면 지금과 같은 일이 벌어졌겠습니까?"

"하긴, 그건 그렇군."

"이 기계도 해체합니까?"

"어서 빨리 해체해야 할 것 같아. 이 정도 균열이면 당장 폭발이 일어나도 전혀 이상하지 않아."

화수는 아까와 마찬가지로 대원들을 신속하게 맡은 구역으로 이동시켰다.

"지금부터는 일전에 맡았던 지역을 기대로 맡으면서 작전을 수행한다. 그편이 서로 작전을 수행하는 데 편하겠지."

"예, 알겠습니다."

순식간에 이동하여 자리를 잡은 대원들은 화수의 수신호를 기다렸다.

그는 중앙 제어장치의 퓨즈 박스를 열어 보았다.

치지지지직…….

"스파크가 심각하게 튀는데?"

―괜찮으십니까?

"괜찮아. 내가 작전을 시작하면 모두 함께 동시에 시작한다."

—예, 알겠습니다.

그는 몬스터 코어로 도금된 보호 장갑을 꺼내어 퓨즈에 손을 댔다.

그러자, 그의 손에 엄청난 양의 스파크가 흘러 들어온다.

콰지지지지지직!

"으으으윽!"

—대장님!

"괜찮다!"

화수는 재빨리 호신강기를 손으로 집중시킨 후에 천천히 퓨즈를 제거해 나갔다.

'정신일도하사불성!'

잘못하면 화수 안에 내재되어 있던 본능이 깨어나 자신도 모르게 흡성대법을 실시할 수도 있게 될 것이다.

그렇게 되면 당장 코어가 균열을 일으켜 폭발이 일어날지도 모르니 화수 본인이 마인드컨트롤을 잘하는 수밖에 없었다.

그는 최대한 조심스럽게 퓨즈를 꺼내었다.

치지지지지직!

살이 벗겨지는 느낌이 들었지만 이미 무아지경에 이른 화수는 전혀 개의치 않았다.

잠시 후, 세 개의 퓨즈를 모두 제거한 화수가 동시에 해체 작업을 진행할 것을 명령하였다.

"지금이다. 모두 작업을 진행할 수 있도록."

—예, 알겠습니다.

드디어 잠시 퓨즈에서 손을 뗀 화수는 한숨 돌리며 찰나의 휴식을 취했다.

"후우, 뭐 하나 쉬운 일이 없군그래."

해체에 필요한 시간은 대략 5분 남짓, 그동안 화수는 주변을 둘러보며 이상한 점은 없는지 살펴보았다.

전체적인 풍경은 일반적인 발전소와 그다지 다를 것이 없었지만 바닥에 의문의 장치들이 추가되어 있었다.

"이건 뭐지?"

바닥에서부터 코어로 직접 연결된 호수는 마치 자동차의 시동 케이블처럼 거대한 두 개의 집개로 이뤄져 있었다.

이 집개가 과연 무엇을 하는 물건인지는 몰라도 과부하에 일조한 것은 분명해 보였다.

잠시 후, 작전의 완료를 알리는 목소리들이 들려온다.

—작업 끝났습니다.

"오케이."

화수는 이제는 좀 잠잠해진 스파크 속으로 손을 집어넣어

두 개의 퓨즈를 뽑아냈다.

딸깍.

그러자 빠르게 스파크가 줄어들면서 가동 중지 명령이 떨어졌다.

[가동이 중지 됩니다…….]

그제야 화수는 한숨 돌릴 수 있게 되었다.

"일단 눈앞에 벌어졌었던 불길은 잡은 셈이로군."

—다행입니다. 제때 찾아와서 말입니다.

"어서 다음 지역으로 가보자고. 또 무슨 일이 벌어지고 있을지 모르잖아."

—예, 알겠습니다.

화수는 인원과 장비를 점검한 후에 곧바로 다음 지역으로 이동하였다.

* * *

블라디보스토크 공항이 위치한 아르툠으로 최지동과 강제가 찾아왔다.

공항에서 내린 최지동이 약속 장소인 공항 입국 게이트 앞 대기실로 향했다.

그는 일행을 기다리는 동안 강제에게 담소를 건넸다.

"본관이 어디인가?"

"원산 최가입니다."

"으음? 나도 원산 최가인데?"

"어라? 정말이십니까?"

강제의 집안은 원산에 본을 두고 있는 꽤나 희귀한 성씨로서 남한에서 원산 최씨 하면 거의 친척으로 통할 정도였다.

최지동은 그에게 조금 더 자세한 얘기를 물었다.

"그럼 파가 어떻게 되나?"

"원산 최씨 아성공파입니다."

"아성공파!"

"예, 그렇습니다."

"그럼 혹시 자네 부친의 존함이……?"

"최, 필 자 규 자 쓰셨습니다."

"으음, 돌림은 필 자를 쓰셨고?"

"아마도 그럴 겁니다."

최지동은 가만히 앉아 자신의 돌림자와 앞뒤의 돌림자를 되짚어보았다.

그러곤 어색하게 웃었다.

"필 자면 내 위의 고조할아버지뻘이시군."

"예, 예?"

"필 자가 34대손이고 내가 38대손이니까… 내 고조할아버지뻘 되시는 것 맞아."

"그렇다면……."

"자네가 내 증조할아버지뻘 되는 거지. 35대손 맞지?"

"그, 그렇긴 합니다만……."

"맞네. 증조할아버지."

"아아……."

순식간에 분위기가 이상한 쪽으로 흘러간다.

"험험, 이것 참. 호칭을 어떻게 써야……."

"그, 그냥 편하신 대로 부르시지요."

"그럴 수야 있……."

"제발 부탁드립니다."

지금까지 살면서 복잡한 대소사에 대해선 일언반구 한마디도 없었던 집안인지라 강제는 자신이 정확하게 몇 대손인지도 헷갈려 했었다.

그런 지금에서 자신을 증조할아버지라고 부르는 사람이 있다면, 그것도 아버지뻘의 남자가 존재한다면 얼마나 껄끄럽겠는가?

그는 연신 고개를 숙였다.

"부탁드립니다. 이런 말씀드리면 좀 뭣하겠습니다만, 저는 집안 족보를 따지는 사람이 아닙니다. 솔직히 저는 경무관님께서 대손을 알려주실 때까지도 제가 몇 대의 자손인지 알지도 못했습니다."

"으음, 그런가? 하지만 아무리 그래도……."

"그렇다면 집안 어른들끼리 만나는 자리에서만 호칭을 따지시지요. 만약 만난다면 말입니다."

"하하, 그럼 그럴까?"

"예, 그렇게 하시죠."

"후우, 그래. 자네가 아주 명쾌한 답을 내려주었군."

"그러게 말입니다. 아주 10년 묵은 체증이 다 내려가는 느낌입니다."

이제 함께 일을 하면서 손발을 맞춰야 할 텐데 호칭이 이렇게 꼬여 버리면 정말이지 답도 없게 되는 것이다.

강제는 괜히 본관을 말했나 싶어 마음이 꿍해졌다가 호칭 관계가 풀리자 기분도 같이 풀렸다.

"아무튼 그들과 접선하기로 한 시간이 지나지 않았습니까?"

"그러게 말이야. 이쪽 계통에 있는 사람들이 시간 약속은 참 철저한데 오늘따라 좀 늦는군."

정보원들에게 시간은 곧 금이기 때문에 시간을 어기는 일이 좀처럼 없는데, 오늘은 아무래도 뭔가 일이 생긴 것 같았다.

그는 곧장 공중전화로 가서 전화를 걸어보았다.

뚜우—

[연결이 되지 않습니다. 다음에 다시 통화해 주십시오.]

최지동이 고개를 갸웃거린다.

"어라……?"

"전화를 안 받습니까?"

"이상하군. 오늘 만나기로 했었던 정보원이 전화를 받지 않아. 어지간해선 펑크를 낼 사람이 아닌데 말이야."

두 사람이 한창 고개를 갸웃거리고 있을 무렵이었다.

위이이이잉……!

—테러 경보, 테러 경보! 모두 신속히 공항 입구를 통하여 대피하시기 바랍니다! 다시 한 번 말씀드립니다…….

순간, 두 사람의 눈동자가 날카롭게 빛났다.

"테러?!"

전화를 내려놓은 최지동이 강제를 데리고 서둘러 공항을 빠져나간다.

"일단 이곳을 빠져나가세. 무슨 일이 벌어질지 아무도 모르지 않나?"

"예, 알겠습니다."

요즘은 테러에 대한 위협이 점점 더 커지고 있기 때문에 공항에서의 통제가 떨어지면 타국의 신분증을 가진 사람들은 명령에 무조건 따라야 한다.

만약 명령에 불복하는 사람이 있다면 그 즉시 심문을 받고

심하면 구속, 구금을 당할 수도 있었다.

강제는 공항을 빠져나가는 동안 재빨리 주변 환경을 살폈다.

따르르르르릉……!

화재 경보는 물론이고 공항의 긴급 경보는 죄다 울려 사람들에게 경각심을 일깨워 주고 있었다.

공항을 지키던 특수부대와 경찰특공대는 아주 일사불란하게 움직이고 있었지만 교전이 일어나거나 폭발이 일어나지는 않았다.

'폭탄이 설치되었다는 제보를 받은 것인가? 아니면 누군가 인질을 붙잡고 숨어든 것인가?'

오만가지 생각이 교차하던 가운데 강제의 눈에 일반 전화기와는 조금 다른 전화기 두 개를 든 청년이 보인다.

그는 빨간색 발광다이오드가 반짝거리는 핸드폰 두 개를 들고 신속하게 공항을 빠져나가고 있었다.

순간, 강제가 박지동에게 그를 손가락으로 가리키며 말했다.

"저놈이 뭔가 이상한 물건을 가지고 있는데요?"

"핸드폰에 연결된 다이오드… 원격 폭파기?!"

"잡아야 하는 것 아닙니까?"

"그래, 일단 저놈을 제압하고 보자고."

외국에서의 체포 행위는 월권행위이지만 인명 피해가 나는 것보다는 훨씬 나을 것이었다.

강제는 조용히 그에게 다가가 제압하려 손을 잡았다.

팟!

그러자, 그는 이를 악물고 버튼을 눌렀다.

"이런 빌어먹을!"

딸깍!

순간, 공항의 천장에서 거대한 폭발이 일어났다.

콰과과과광!

"꺄아아아악!"

"폭탄 테러다! 어서 도망쳐!"

천장을 지탱하던 두 개의 기둥 중에 하나만 폭발하는 바람에 건물의 붕괴는 이뤄지지 않았지만 여행객들의 혼란이 순간적으로 가속되었다.

강제는 나머지 버튼을 잡고 있는 오른쪽 팔을 잡아끈 후에 반동을 이용하여 그를 매쳐버렸다.

콰앙!

"으으윽!"

그와 동시에 원격조종 장치가 저만치 멀리 떨어져 갔으나 테러리스트는 끝까지 손을 뻗었다.

"이런 제기랄!"

"감히 어딜!"

강제는 그의 팔을 양손으로 끌어안은 후에 몸의 중심을 팔의 반대로 틀어서 역십자 꺾기를 넣어버렸다.

뚜두두둑!

"끄아아아악!"

"암바가 꽤 아프지?!"

"이런 개자식, 죽인다!"

챙!

테러리스트는 잭나이프를 꺼내 들어 강제의 허벅지를 찔렀다.

푸욱!

"으윽!"

"이 새끼, 다시는 못 걷게 만들어주마!"

"…누가 이기는지 한번 해볼까?!"

강제는 잡고 있던 팔을 테러리스트의 경동맥 인근으로 올려놓은 후에 자신의 위치를 반대로 바꾸었다.

휘릭!

자연스럽게 강제의 중심축이 이동하면서 그의 경동맥을 압박하게 되었다.

"컥!"

"이 새끼, 맛이 어떠냐?!"

경동맥이 압박당하면 수 초 내에 질식사할 수 있기 때문에 적당한 선에서 압박을 끝내는 것이 중요하다.

그는 테러리스트의 몸에서 힘이 빠져나갈 때쯤에 곧바로 힘을 풀어 목숨만 간신히 부지할 수 있게 해주었다.

덕분에 실신한 상태로 그를 생포할 수 있게 된 강제는 달려온 러시아 공안에게 범인을 인계할 수 있게 되었다.

"이봐요, 괜찮아요?!"

"보시다시피 멀쩡합니다."

"이런, 다리를 찔리셨군요!"

"괜찮습니다."

버튼을 가지고 돌아온 최지동이 공안들에게 알은척을 했다.

"오랜만이죠?"

"최지동 경무관님?"

"늦으셨군요. 지금까지 어디에 계셨던 겁니까?"

"공항에 폭발물이 설치되어 있다는 보고를 받고 출동하였습니다. 피치 못할 사정이 생긴 것이지요."

"흠, 그렇군요."

"아무튼 이 한국인 청년 덕분에 한고비 넘겼습니다."

다리에 칼을 맞은 채로 적을 제압한 강제에게 공안들이 인사를 건넸다.

"고맙습니다. 덕분에 살았어요."

"아닙니다. 해야 할 일을 했을 뿐인데요."

"그나저나 혹시 그쪽이 유엔에서 나왔다는 조사관입니까?"

"예, 그렇습니다."

"어쩐지. 대처하는 속도가 남다르다고 했습니다."

"일반적인 것입니다. 유엔에 있는데 이 정도는 해야죠."

"그런가요?"

최지동은 일단 강제의 다리부터 치료한 후에 움직이기로 했다.

"거동할 수 있겠나?"

"예, 멀쩡합니다."

"일단 지혈부터 한 후에 움직이지."

"알겠습니다."

"우리가 모시겠습니다."

최지동과 강제는 러시아 공안들과 함께 공항 응급 센터로 향했다.

제6장
잔악함

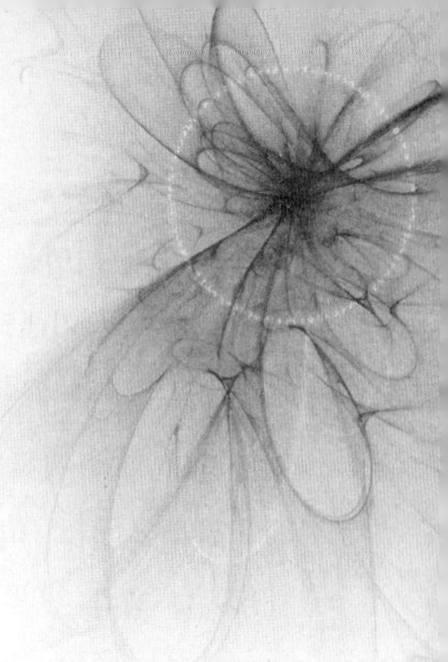

섹터 1에서부터 5까지 파죽지세로 이동한 화수는 다섯 개의 코어 발전기를 모두 가동 중지시켰다.

모두 하나같이 곧 파열될 위기에 놓여 있었기 때문에 추후에 코어를 폐기 처분하고 새로 발전소를 꾸릴 필요가 있어 보였다.

이로써 북유럽 발전소에 생긴 손실만 무려 5조 원이 넘어가고 있었고 부대 철거 비용과 감가상각비까지 따지면 실로 어마어마한 손실이 생겨난 것이었다.

하지만 그럼에도 불구하고 인명 손실이 생기지 않았다는

것은 크게 의미를 둘 수 있는 일이었다.

잘못하면 거대한 용암 덩어리로 변하여 이러지도 저러지도 못 하는 상황에 처할 바에야 5조 원을 들여서 수리하게 되면 차라리 싸게 먹히는 것이었다.

화수는 이제 마음 편하게 변전소를 따라서 신속하게 이동하기로 했다.

—변전소에는 별다른 전기 반응이 없습니다. 아무래도 전기가 모두 소진되어 버린 것 아닌가 싶습니다.

"그렇게 많은 전기를 끌어다 썼는데도 충전지에 남은 것이 하나도 없다?"

—도대체 이곳에서 무슨 실험을 한 것인지는 몰라도 이 정도의 전기를 썼을 정도면 대규모 부대를 만들었을지도 모른다는 생각이 듭니다.

화수는 황문식 중령과 함께 있는 두 사람에게 물었다.

"이들이 자행한 실험에 대해서 조금 더 아는 것이 있나?"

—사람들을 떼로 잡아다가 뭔가를 먹이고 주사를 했는데, 그것들이 다 어떻게 변태했는지는 우리도 몰라. 다만, 아까 당신들이 보았다던 그 투명인간 역시 같은 방식으로 태어났다는 것은 확실해.

"흠, 그렇다면 그 거북이 역시 안에 인간이 들어 있었을 확률이 크겠군."

—원래는 사람이었을 수도 있지.

"그래. 그놈들이 펼치는 전술은 몬스터의 것이라고 보기엔 무리가 있었지. 만약 놈들이 인간의 두뇌를 가지고 있었다면 말이 되지만 말이야."

—아무튼 부화장으로 들어서면서부터는 긴장하는 것이 좋아. 그 안에 무엇이 들어 있는지 이곳에서 생활했던 우리도 제대로 파악하지 못하고 있으니 말이야.

"그렇게 하도록 하지."

화수는 긴장의 끈을 바짝 세운 채로 11섹터로 들어섰다.

똑, 똑…….

11섹터 안은 온통 어두컴컴해서 한 치 앞을 바라보기가 힘들었다.

화수는 동료들을 대신하여 시야를 밝혔다.

스스스스스……!

비록 카모플라주 방탄을 투시할 수는 없지만 어두운 곳에서의 투시는 가능했기에 지금의 전투는 상당히 손쉽게 이뤄질 수도 있었다.

화수는 천천히 전방의 풍경을 예의 주시하다가 거대한 두꺼비집 하나를 발견했다.

"이미 전력이 끊어진 것 같기는 하지만 두꺼비집을 한번 건드려 볼게."

그는 두꺼비집의 전력 손잡이를 위로 밀어 올렸다.

철컹!

그러자, 비상 발전기가 돌아가면서 11섹터 전역에 불이 들어오기 시작한다.

위이이이잉……!

대략 1천 평 규모의 11섹터 안에는 형형색색의 유리관과 캡슐 형태의 보관함들이 길게 늘어서 있었다.

화수는 그 안에 웅크리고 있는 몬스터들과 아직 절반쯤 변태한 반인반수들을 발견할 수 있었다.

캡슐 안에는 아직 약품을 완전히 맞지 않아 인간의 형태를 유지하고 있는 사람들이 들어 있었고 유리관에는 몬스터나 반인반수가 들어 있었다.

대원들은 경악을 감추지 못했다.

"…미친놈들이군. 이렇게 많은 사람들을 데려다가 생체 실험을 자행하고 있었다니!"

"이런 실험을 통하여 밖에 있었던 몬스터들을 만들어낸 것인가? 그렇다면 그 몬스터들은 모두 사람이었다는 뜻 아니야?"

"얘기가 그렇게 되는 셈이지."

"허어! 그럼 우리가 지금까지 죽인 것들이 다 사람이었다는 소리잖아?"

적어도 기계와 몬스터 유전자를 섞었으리란 예상은 했었지만 이렇게 완벽한 몬스터의 모습을 갖추고 있으리란 것은 화수조차 가늠하지 못했다.

한마디로 이들이 지금 벌이는 짓거리는 그 어떤 누구도 상상조차 못 했던 말도 안 되는 짓이라는 소리였다.

"인간을 몬스터로 만들어 지배한다… 한마디로 새로운 군대를 만들겠다는 소리 아닌가?"

"저놈들은 몬스터들을 자신들이 지배하여 정말로 지구를 파멸로 몰고 갈 생각이야. 저런 미친놈들이 지구를 지배하게 되면 과연 어떤 결말이 벌어질지 참으로 궁금하군그래."

화수는 이곳을 폐기시켜야 한다는 생각을 하고 있으면서도 과연 어떻게 손을 대야 할지 차마 감을 잡지 못했다.

그래서 그는 이곳으로 유럽연합군을 불러들여 그들이 스스로 사태를 수습하도록 할 생각이었다.

"둥지, 여기는 오소리."

—여기는 둥지.

"유럽연합군에게 연락을 취할 수 있겠나?"

—지금 당장?

"알다시피 이렇게 거대한 부화장을 보고도 우리가 할 수 있는 것이 아무것도 없지 않나? 차라리 인명 피해가 조금 난다고 해도 그들이 이 사태를 수습하는 것이 옳다고 판단된다."

—알겠다. 지금 당장 유럽연합군에게 연락을 취할 수 있도록 하겠다.

화수는 11섹터를 지나 곧바로 12섹터로 향한다.

* * *

12섹터 입구에선 엄청난 악취가 풍겨 나고 있었다.

부글, 부글…….

1천 500평 남짓의 거대한 욕조에선 초록색 액체에서 배아들을 키워내고 있었는데 그 모양새가 가히 충격적이었다.

인간의 몸통에 몬스터의 팔과 다리, 그리고 꼬리와 날개가 달려 있었고 머리는 인간과 몬스터를 절반쯤 합쳐놓은 형상이었다.

한마디로 이들은 인간이었다가 이 악취 구덩이에서 유전자 병합으로 점점 몬스터로 변태되는 중이었던 것이다.

"정말 미친놈들이다. 어쩌면 동족을 이렇게까지 잔인하게 다룰 수 있단 말인가?"

"2차 세계대전에서 나치나 일제가 행했던 행위와 견주었을 때, 누가 더 나쁜 놈인지 도저히 가늠할 수 없을 지경이군."

"…정말 미쳤다. 탑승해서 조종하는 몬스터를 만들더니 이제는 아예 인간을 변태시켜 몬스터를 만들어? 결코 용서가 안 되는 놈들이로군."

의식이 또렷하고 생체반응이 있기는 하지만 악취 구덩이 안에 있는 반인반수들은 이미 이성이 상실된 상태인 것 같았다.

야차 중대를 보곤 그저 먹이를 발견한 괴물들처럼 격렬한 반응을 보이기 시작한 것이다.

크헤에에에엑!

"인간의 입과 코를 가지고 있습니다. 더군다나 몸통도 인간의 것이고요. 심지어 성기까지……."

악취 구덩이 중간에는 바위 덩어리 같은 것이 놓여 있었는데 그 위에서 반인반수들이 짝짓기를 하는 것 같기도 했다.

한마디로 이곳은 번식과 부화, 혹은 진화까지 한꺼번에 이뤄지는 그야말로 인간 사육장이었던 것이다.

저들은 이제 이성을 잃고 마치 동물원의 원숭이처럼 원하면 짝짓기를 하고 먹이를 먹고 누군가를 공격하는 야생성만 갖춘 몬스터가 되었다.

화수는 과연 저들을 인간으로 대해야 할지 말아야 할지 고민을 할 수밖에 없었다.

"저들을 죽이는 것은 과연 살인인가? 아닌가?"

"…더 이상 처참해지기 전에 죽이는 것도 인간성의 존중이라고 생각합니다.'

"맞습니다. 이제는 인간도 아니고 몬스터도 아닌 저런 상태로 과연 이성을 찾을 수나 있겠습니까?"

그는 이 뒤처리 역시 유럽연합에게 맡기기로 했다.

"유럽연합에게 이들의 처리를 맡기기로 하지. 동포들을 죽이고 살리는 일은 그들이 알아서 하도록 내버려 둬야 하지 않겠나?"

"하지만 그들이 못 죽인다면요?"

"유엔이 나서야겠지."

김태하 소령은 씁쓸한 한숨을 내쉬었다.

"후우, 이것 참. 수많은 몬스터들을 사냥했지만 막상 동족이 저렇게 변했다고 생각하니 총을 잡기가 힘들어집니다."

"저놈들은 심지어 실험을 통하여 동족을 몬스터로 만들었다. 제네시스 스쿼드는 진정 없어져야 하는 단체인 것이다."

충격의 연속이 이어지는 가운데 유럽연합에서 연락이 왔다.

—여기는 둥지, 유럽연합군에게 연락이 닿았다. 지금 당장 이곳으로 군대를 파견하고 발전소를 직접 정리하겠다고 통보해 왔다.

"병력의 구성규모는?"

—대략 5만에서 10만으로 추산된다고 한다.

"꽤 많은 숫자가 몰려오는군."

—발전소의 중요함을 생각하면 10만도 적은 것이지. 크게는

유럽 중부까지 영향을 미치는 곳이니까.

"아무튼 잘 알겠다. 계속 대기할 수 있도록."

—양호, 계속 근무하겠음.

이제 화수는 충격적인 12섹터를 지나 13섹터로 향했다.

* * *

13섹터의 풍경은 11섹터나 12섹터의 풍경 따위는 싹 잊게 만들 정도로 처참하였다.

마치 한중막처럼 생긴 수용소에는 실험에서 실패하거나 개체 진화에 낙오한 실패작들이 폐기물처럼 버려져 있었다.

흐엑, 흐엑…….

간신히 숨만 몰아쉬는 반인반수들은 화수와 그 동료들을 보곤 여전히 이를 드러내며 적대감을 표시하였다.

그렇지만 개중에는 아직까지 인간성이 남아 있어 눈물을 흘리는 이들도 있었다.

크흑, 크흑…….

화수는 팔다리가 절반쯤 잘려서 제대로 운신도 못하는 그에게 다가가 말을 걸었다.

"인간… 인간입니까?"

크르르르릉…….

"인간이 맞다면 고개를 끄덕여 주십시오."

반인반수는 고개를 끄덕였다.

화수와 동료들은 즉시 그를 구하기 위해 팔을 걷어붙였다.

"이쪽으로 오세요. 이제 곧 유럽연합군이……."

—죽여줘……!

"뭐, 뭐라고요?"

—더 이상 고통을 안기지 말고 죽여줘요.

마지막 남은 이성의 끈을 잡은 그는 화수에게 죽여달라고 통사정을 시작하였다.

—…지금 이 정신이 언제까지 남아 있을지 아무도 모릅니다. 이 꼴을 좀 봐요. 나는 정신이 나가서 아내와 딸까지 잡아먹었습니다. 그때는 이성을 잃어서 아무것도 거리낄 것이 없었지만 지금은 그때의 기억이 생생하게 납니다.

"허, 허어!"

—그러니 제발 죽여주세요. 부탁입니다. 지금 내가 무릎을 꿇을 수 없는 상태라서 빌기가 힘듭니다. 하지만 이렇게 부탁드립니다. 제발 좀 죽여주세요! 인간으로 죽고 싶습니다!

화수는 고개를 푹 숙였다.

"그, 그건……."

"대장님, 제가 하겠습니다."

"김소령?"

김태하 소령은 권총을 꺼내어 그의 머리에 겨누었다.

철컥!

"장교들이 전투에서 부하를 즉결심판하거나 명예롭게 자결할 때 사용하는 권총입니다. 지금은 호신용으로 사용하지만 2차 세계대전에선 꽤 많은 장교들이 이것으로 자결하였지요."

—고맙습니다…….

"잘 가십시오."

타앙!

김태하는 그의 머리에 총알을 박아 넣은 후에 곧바로 짧은 묵념에 들어갔다.

대원들은 그를 따라서 고개를 숙여 떠나간 영혼의 넋을 달랬다.

화수는 다시 고개를 들어 김태하를 칭찬하였다.

"자네가 있기에 저 사람이 평안하게 갈 수 있었다. 옳은 일을 한 거야."

"망설일 수가 없었습니다. 제가 과연 저 상황에 처해 있다면 무슨 생각을 할까? 결론은 하나였습니다. 고통 없이 죽을 수 있다면 차라리 사는 것보다는 낫겠다."

"그래, 그건 그렇겠군."

김태하는 권총을 다시 집어넣었다.

"이제 남은 것은 유럽연합군이 알아서 하겠지요."

"그래. 동포들을 죽이고 살리는 것은 그들의 일이야. 저 남자의 경우엔 워낙 의식이 또렷해서 그냥 지나칠 수 없었던 것뿐이고."

화수는 이제 부하들을 이끌고 다음 섹터로 향했다.

"가지. 다음 구역에 뭐가 있을지 몰라도 끝은 봐야 하지 않겠나?"

"정말 긴장됩니다. 저 너머에 또 어떤 끔찍한 것들이 있을까 싶어서 말입니다."

"최대한 충격을 덜 받도록 기도하는 수밖에."

야차 중대는 씁쓸함만을 남기고 다음 섹터로 걸음을 옮긴다.

*　　　*　　　*

섹터 14의 입구에 선 야차 중대가 천천히 주변을 살피고 있다.

이번 섹터에선 부화장은 찾아볼 수 없고 온통 불에 꺼진 컴퓨터들과 사람의 것으로 보이는 시신들만 가득했다.

"사람이 다 죽었군."

"전부 흰색 가운을 입고 있었던 것으로 보아 아무래도 연구원들이 아니었을까 싶습니다."

“그렇다면 이놈들 역시 통제에서 벗어나 사람을 죽이고 스스로 통제자가 되려 했던 것일까?”

“하지만 그렇다고 하기엔 저 두 명의 존재가 좀 이상하지 않습니까? 저들은 분명 생명의 위협을 받았다고 했습니다. 그리고 누군가의 명령을 받고 우리를 감시하기 위해 날아왔다고 했지요. 저들이 거짓을 말하고 있는 것이 아니라면 배후에 사람이 있는 것은 확실합니다.”

화수는 무전기를 통하여 길잡이들에게 질문을 던졌다.

“너희들의 배후가 인간들이라고 했었던가?”

—아마도.

“그렇다면 그들이 어디서 명령을 내리고 있었는지 알고 있었겠군?”

—무전을 통해서 명령이 내려오긴 하지만 정확히 어디서 명령을 내리는지 알 수는 없다. 다만, 그곳에 설비들이 몰려 있을 것 같아서 지레짐작하고 있었을 뿐이지.

“흠.”

—아무튼 간에 섹터 15에는 우리도 출입을 못 했던 것을 생각하면 뭔가 있는 것은 확실해.

어쩌면 외부에서 원격으로 명령을 내렸을 수도 있고 반인반수가 인간의 통제를 벗어나 군대를 양성하려 했을 수도 있다.

"결국 저번 수도 방위 사령부 지하에서의 사연과 비슷한 것인가?"

"만약 그와 비슷하다면 저들이 붙잡혔을 때에 벌써 병력이 파견되었어야 정상입니다. 하지만 아무런 상황 파악을 못 하는 것을 보면 원격조종의 가능성이 더 커 보입니다."

"하긴."

화수는 대원들을 산개시켜 이곳에 건질 것이 있는지 알아보았다.

"하드디스크를 모두 수거하고 특별히 눈길이 가는 물건이 있다면 따로 챙길 수 있도록."

"예, 알겠습니다."

일렬로 늘어선 컴퓨터의 하드디스크를 모두 수거한 야차 중대는 섹터 구석에 위치한 캐비닛을 뒤지기 시작했다.

캐비닛에는 모두 시건장치가 되어 있었지만 총으로 제거하면 아주 간단했다.

타앙!

각자 가진 권총으로 시건장치를 박살 내버린 중대원들은 그 안에 든 물건들을 모조리 꺼내 보았다.

화수는 캐비닛 중에서도 가장 넓은 곳 두 개를 열어 보았다.

사물함 안에는 각종 개인용품들과 서류 뭉치들이 들어 있었는데 한 구석에는 mp3플레이어와 전원이 꺼진 핸드폰이 한 대 놓여 있었다.

서류에는 실험 데이터로 보이는 보고서와 연구소의 운영에 관한 보고서 등이 첨부되어 있었다.

화수는 쓸 만한 물건이라 생각되는 것들을 전부 배낭에 넣었다.

"모두 마무리되었나?"

"아직, 이곳에 뭔가 있습니다."

"뭔가 있다니?"

"잠시 와보셔야 할 것 같습니다."

박창민 소령의 얘기를 듣고 해당 사물함으로 가보니 철판으로 된 사물함 바닥에 미닫이문이 달려 있음을 알 수 있었다.

그는 화수가 보는 앞에서 사물함 바닥의 미닫이문을 열어 보였다.

"열겠습니다."

드르르르륵.

미닫이문을 열자마자 보이는 것은 녹색과 빨간색 다이오드가 달린 수신기였다.

지금은 수신 감도가 양호하다는 것을 표시하는 녹색 다이오드에 불이 들어와 있었다.

삐빅, 삐빅…….

"이게 뭐지?"

"신호를 감지하는 수신기 같기는 한데 도대체 무슨 정보를 수신하는 것인지는 잘 모르겠습니다."

"으음, 이런 곳에 수신기를 감추어놓은 것을 보면 이 물건이 상당히 중요하다는 뜻 아니겠나?"

"제 생각에도 그렇습니다. 혹시 이 건물에 스파이가 잠입했었던 것 아닐까요?"

"스파이라."

"사태가 벌어지기 전부터 의혹이 있었던 건물이니만큼 북유럽 쪽 정보 부대가 잠입했어도 이상할 것은 없지 않습니까?"

"하지만 그랬다면 설마하니 우리에게 아무런 정보를 주지 않았을 리가 없잖나?"

"그건 그렇군요."

"아무튼 간에 지금으로선 이 물건이 뭐하는 것인지 전혀 알 수가 없다. 그러니 일단 챙기고 보자고."

"예, 알겠습니다."

박창민은 자신의 배낭에 수신기를 잘 갈무리해서 집어넣었다.

이제 섹터 14의 수색을 모두 마친 화수는 곧바로 마지막 섹터로 넘어가기로 한다.

"가자. 저 너머에 뭐가 있는지 한번 확인해 보자고."

"예!"

"이동한다."

화수가 선두에 서서 대원들을 이끈다.

*　　　*　　　*

알파구역 마지막 섹터에 도착한 화수는 입구에서부터 풍겨나는 엄청난 전압을 느꼈다.

콰지지지직……!

화수는 대원들에게 자세를 낮추고 최대한 기도비닉을 유지할 수 있도록 지시하였다.

"아무래도 심상치가 않아. 저 안에 무엇이 있을지 감히 상상조차 할 수 없군그래."

"그 엄청난 코어에서 끌어다 쓴 전기가 모두 이곳으로 들어왔던 모양입니다. 모르긴 몰라도 지금 이 정도의 전압이면 도시 하나를 먹여 살리고도 남을 겁니다."

육안으로 스파크가 관측될 정도로 높은 전압이 마구 흘러들 정도의 과부하였다면 코어가 균열을 일으키는 것도 무리는 아니었다.

김태하 소령은 멀리서 스코프로 상황을 주시하였다.

"전방에 푸른색 구체 두 개와 사람 한 명 들어가 누울 정도의 캡슐이 보입니다. 전기들은 모두 캡슐로 들어가고 있고 전압을 내뿜고 있는 것들은 두 개의 구체입니다."

"한쪽은 전압을 빨아들이고 한쪽은 내뱉고 있다?"

"아무래도 저 구체 두 개가 전기로 이뤄진 몬스터가 아닌가 싶습니다."

"으음, 그렇군. 그렇다면 말이 되지."

"그나저나 저놈들에게 지금 당장 사격을 가한다면 과연 무슨 사태가 벌어질지 예상하기가 힘든데요? 저게 몬스터 코어에서 나온 전기인지 가공된 전기인지 구분을 할 수가 없지 않습니까?"

"자네가 보았을 때에 지금까지 보아왔던 몬스터와 종류가 아예 다른 것 같은가?"

"단언컨대 처음 보는 몬스터입니다. 직경이 대략 50미터쯤 되는 것 같은데 마치 태양을 보는 것 같습니다."

"그게 몬스터라면 그 힘이 엄청날 것 같은 생각이 드는군."

잠시 후, 김태하 소령이 화들짝 놀라서 외쳤다.

"대, 대장님! 지금 놈들이 움직이기 시작합니다!"

"움직인다고?!"

"엄청난 속도입니다! 이제 곧 가시거리 안에 들어옵니다!"

화수는 일단 부대를 후퇴시키기로 했다.

"피해! 놈과의 직접적인 교전은 피하는 것이 좋아!"

"예!"

신속히 산개하여 후퇴하던 야차 중대의 바로 뒤통수로 거대한 구체 두 개가 바짝 따라왔다.

쿠오오오오오……!

구체의 안에는 의문의 생명체가 자리를 잡고 있어 마구 괴성을 질러댔다.

이제 야차 중대는 누가 알려주지 않아도 저놈들이 몬스터라는 것을 어렵지 않게 알 수 있었다.

"정말 몬스터로군. 도대체 저런 괴물들은 어떻게 만들어내는 거야?"

"창의력 하나는 정말 끝내준다고 말하고 싶군요."

길고 넓적한 대가리와 활처럼 휜 척추, 거기에 갈고리처럼 생긴 팔을 가진 이 전기 덩어리는 보는 것만으로도 충분한 위압감을 느낄 수 있었다.

화수는 그런 거대한 괴물 앞에 당당히 섰다.

척!

"덤벼라!"

화수가 검붉은 내가진기를 폭발시키자, 그의 주변으로 짙은 호신강기의 장벽이 생겨났다.

전기 덩어리는 그런 화수에게 손을 뻗었다.

콰지지지직!

엄청난 뇌전과 함께 날아온 괴물의 손이 화수의 몸에 닿을 때쯤, 그의 호신강기가 극성의 흡성대법을 펼쳤다.

슈가가가가각!

크오오오……?!

“내력으로 따지면 내가 네놈보다 한 수 위다!”

화수가 펼친 호신강기의 장벽은 적의 공격을 받으면 그 안에 내재되어 있는 진기를 전부 다 빨아들여 자신의 것으로 만들게 되어 있었다.

만약 화수가 총알 세례를 받으면서 10만 대 1로 싸운다고 해도 그의 진기는 결코 바닥나지 않고 오히려 더욱더 증대될 것이었다.

전기 덩어리는 자신의 진기가 빨려가는 것을 알면서도 미친 듯이 손을 내저었다.

쿵, 쿵, 쿵, 쿵!

화수의 몸을 향해 손을 내젓는 전기 덩어리에게 그 역시 반격을 선사해 주었다.

“천혈대수라장!”

콰과과광!

무려 일타에 550번의 폭발을 일으키는 천형대수라장이 극성으로 전개됨에 따라 전기 덩어리는 조금 더 강력한 에너지원이 필요해졌다.

결국 놈은 자신의 곁에 있는 다른 놈의 에너지를 빨아들여 부족한 에너지를 충족시켜 나갔다.

츠츠츠츠……!

그렇지만 그것은 결국 화수의 내력만 보충해 주는 꼴이 되어버렸다.

마치 전자기기에 충전기를 꽂아놓고 사용하는 모양새가 되어 천혈대수라장은 550번의 폭발을 일으키고도 1천 번의 충격을 더 일으켰다.

쿠쿠쿠쿠, 쾅!

크헤에에엑

"어차피 죽을 몸이다! 더 이상 질질 끌어봤자 네놈들만 손해다!"

화수는 전기 덩어리 속으로 파고들어 갔다.

끼이이잉!

진기와 전기가 맞닥뜨리자마자 극과 극의 성향 차이를 보이며 충돌 현상이 일어났다.

그러나 호신강기의 장벽이 그 충돌 현상으로 인한 충격까지 진기로 바꾸면서 화수는 아주 순조롭게 놈의 목덜미를 틀어쥘 수 있게 되었다.

턱!

크에엥……?

"어리둥절할 것 없다. 이제 곧 편안하게 해줄 테니."

화수는 놈의 몸에서 진기를 빨아들이다 말고 이내 자신의 단전 속에 있는 진기를 꺼내어 한꺼번에 전기 덩어리 안으로 밀어 넣었다.

슈우우욱!

"잘 가라!"

무려 5갑자에 이르는 내공이 전기 덩어리 안으로 들어가자마자 놈의 몸이 폭주를 일으키기 시작한다.

크웨에에에엑!

진기가 고갈되었다가 갑자기 감당할 수 없을 정도로 차오르니 당연히 그 그릇이 깨지면서 붕괴를 일으키게 된 것이다.

끼기기긱!

서서히 균열을 일으키던 전기 덩어리의 본체가 산산조각 나면서 사방으로 스파크를 일으켰다.

콰앙!

"엎드려!"

엄폐하고 있던 중대원들은 스파크에 피해를 입지 않도록 스스로를 잘 갈무리하여 몸을 지켰다.

그와 동시에 전기를 조달해 주던 두 번째 전기 덩어리가 연쇄 폭발을 일으키며 또 한차례의 전기 파동을 일으켰다.

우우웅, 콰아아앙!

아주 잠깐이지만 전자 펄스가 형성되면서 야차 중대가 가지고 있던 전자기기가 모두 먹통이 되어버렸다.

끼기기긱!

“아아, 여기는 오소리! 둥지, 응답 바람!”

—…….

“먹통이 되어버렸군.”

“뭐, 하는 수 없지.”

두 마리의 전기 괴물을 퇴치하고 나서야 지상으로 내려온 화수는 섹터 중앙에 위치한 캡슐로 향한다.

“저게 마지막 몬스터인가?”

“그러기를 바라야지요.”

야차 중대는 이제 마지막 남은 몬스터를 해치우기 위해 발걸음을 옮겼다.

제7장

소녀

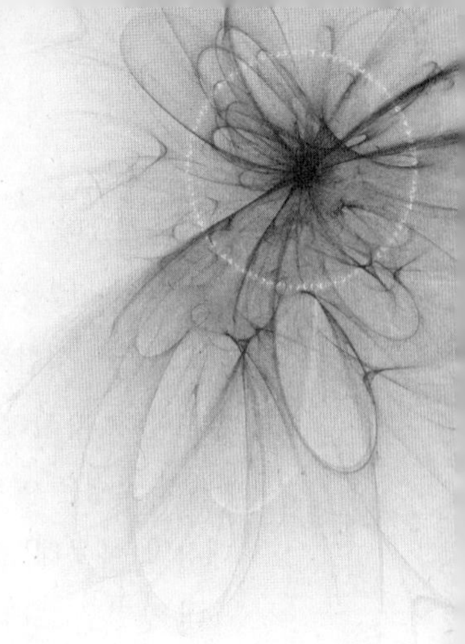

캡슐은 속이 비치지 않는 검은색 유리로 되어 있어 그 안의 내용물이 무엇인지 알아볼 수 없었다.

하지만 전기가 공급되는 플러그와 지하에서 물을 빨아들이는 것으로 예상되는 호수가 꽂혀 있어 반인반수나 몬스터가 들어가 있을 것으로 보였다.

화수는 전기 플러그를 뽑고 이 안에 있는 생명체를 깨워보기로 했다.

딸깍.

플러그가 뽑히자마자 캡슐에서부터 경보가 시작되어 건물

전체로 옮겨갔다.

위잉, 위잉…!

[경고, 경고, 실험체 알파가 깨어났다. 코드 레드, 코드 레드를 발령한다! 다시 한 번 반복한다…….]

김태하 소령은 어색한 미소를 지으며 뒤통수를 긁적거렸다.

"대장님, 아무래도 상황이 별로 안 좋은 것 같은데요?"

"…내 생각도 그래. 그다지 유쾌한 상황은 아닌 것 같아."

잠시 후, 캡슐의 문이 열리며 녹색 물이 왈칵 넘쳐흘렀다.

촤라라락!

그 안에서는 교복을 입은 묘령의 여인이 걸어 나왔다.

저벅, 저벅…….

"소녀?"

"중학생은 아닌 것 같고 여고생 같은데요?"

이예진 소령은 화들짝 놀라며 외쳤다.

"어, 어머나?! 혜동여고?!"

"혜동여고?"

"제 모교에요! 세상에, 여기서 내 후배를 만나다니!"

뜻하지 않게 모교의 교복을 만나서 반갑긴 했어도 그 교복을 입은 사람이 반인반수로 예상되는 만큼 마냥 좋은 표정을 지을 수는 없었다.

일이야 어찌 되었든 간에 그녀와 대화를 시도해 봐야 하는 것은 당연한 일이었다.

화수가 그녀에게로 다가갔다.

"저기, 학생……?"

"…인간?"

"그래, 우리는 학생과 같은 인간이야. 어때? 우리를 알아보겠어?"

순간, 그녀의 눈동자가 희번득 커지면서 은색 안광이 뿜어져 나오기 시작한다.

스스스스스!

그러곤 그녀의 심장에서부터 스파크가 끌어올라 점점 구체의 모양을 잡아가기 시작한다.

그 기세가 방금 전 전기 구체들과는 아예 비교조차 할 수 없을 정도로 강력해 보인다.

츠츠츠츠……!

화수는 본능적으로 위험을 감지하였다.

"모두 피해! 저놈으로부터 전력을 다해 도망친다!"

"후퇴!"

치고 빠지는 전술이 유연하게 이뤄진다는 것이 야차 중대의 가장 큰 장점이었지만 지금은 그럴 시간조차 없을 것 같았다.

파앗……!

스파크의 구체가 그녀의 손을 떠나 하늘로 올라가자마자 직경 60미터의 구멍이 생기더니 천둥과 번개를 만들어냈다.

쿠르르르릉, 콰앙!

"허, 허억! 마른하늘에 날벼락이?!"

구멍 안에서 흘러나온 구름은 거대한 우박과 번개를 쏟아내기 시작한다.

콰앙, 콰앙!

퍼버버벅!

사람 머리만 한 우박이 떨어져 내린 자리에는 어김없이 전류가 흘러넘쳐 새까만 그을음을 남겼다.

야차 중대는 목숨을 부지하기 위하여 전력을 다하여 공격을 피해냈다.

슈웅, 콰앙!

김태하는 자신의 바로 앞에 떨어진 우박을 바라보며 놀란 가슴을 쓸어내렸다.

"제, 제기랄! 이러다간 정말 답도 없겠는데?!"

하지만 불행 중 다행으로 빗나간 공격이 내려앉은 곳에는 사람 여러 명이 들어갈 수 있을 만한 탈출구가 보였다.

EXIT

김태하는 재빨리 동료들을 불러 모았다.

"여기야! 이곳으로 빠져나갈 수 있어!"

"오오, 저곳으로 달려!"

동료들은 재빨리 김태하를 따라 지하수로 입구로 모여들었다.

그러나 저 괴물 여고생이 이런 다행스러운 광경을 가만히 지켜보고 있을 리가 만무했다.

츠츠츠츠……!

이번에는 강력한 뇌전이 하나의 줄기로 서서히 뭉쳐지며 가공할 만한 일격이 준비되고 있었다.

화수는 방패를 들고 동료들의 머리 위로 뛰어 올랐다.

파바밧!

"대, 대장님!"

"모두 신속하게 대피해라! 난 이놈과 결판을 내야겠으니!"

"하지만 저놈은 차원이 다릅니다! 날씨를 조종한다고요!"

"걱정 마라. 나는 죽지 않으니까."

잠시 후, 화수의 방패로 직경 1미터의 거대한 낙뢰가 떨어져 내린다.

콰앙!

순간, 화수의 몸에 짜릿함을 넘어서는 압도적인 전기가 차오르기 시작했다.

"커흐으윽!"

만약 번개에 맞은 사람이 일반인이었다면 벌써 흔적도 없이 사라졌겠으나 화수는 이미 자연경의 초입에 오른 사람이었다.

자연이 곧 화수고 화수가 곧 자연인 무인의 경지에 이른 것이었다.

그는 정신을 집중하여 적이 쏘아 보낸 전력을 하단전으로 흘려보낸 후, 그것을 다시 중단전과 상단전, 그리고 심장으로 각각 나누어 보냈다.

우우우웅!

화수의 몸이 한차례 진동을 일으키더니 그것을 자연적인 내가진기로 바꾸어 그의 몸을 살찌우기 시작한다.

뚜둑, 뚜두두두둑!

순간적으로 화수의 단전이 공명하면서 그의 몸이 마지막 탈피를 시작하였다.

쩌저저저적!

이제 화수는 인간이 무로 이룰 수 있다는 마지막 경지인 무형경, 즉, 무선의 경지에 이른 것이었다.

뜻하지 않게 한꺼번에 네 개의 단전이 공명하면서 생긴 진동은 화수에게 자연 그 너머의 것을 깨닫게 해주었기에 탈피가 가능했던 것이다.

그녀는 화수에게로 다시 한 번 낙뢰를 떨어뜨렸다.

우르르릉, 콰앙!

그러나 화수는 그것을 한 손으로 가볍게 제압하여 흡수하였다.

휘릭!

이윽고 그는 형을 탈피한 보법을 전개하였다.

스스스스!

그림자와 같이 미끄러져 나간 화수의 신형은 순간 이동을 하였다는 생각이 들 정도로 빨랐다.

팟!

아마 그녀가 보기엔 화수가 눈앞에 서 있다가 잠깐 사라져 자신의 앞에 도달한 것으로 보였을 것이다.

화수는 그녀의 목을 오른손으로 틀어쥐었다.

턱!

"크으으윽……!"

"소녀의 몸이라곤 해도 이렇게 무지막지한 괴물을 그냥 살려둘 수는 없지."

그의 손에서 서서히 진기가 뻗어나가자, 그녀의 머리에서 경고음이 들려온다.

삐비비비빅!

—과부하, 과부하가 진행 중입니다!

순간, 화수가 그녀의 고개를 아래로 푹 내려서 뒤통수를 확인해 보았다.

그녀의 뒤통수에는 엄지손가락 한 마디보다 약간 더 큰 수신 장치가 달려 있었다.

화수는 수신 장치에 내공의 충격을 가하였다.

퍽!

수신 장치는 충격을 받자마자 깨져 아래로 떨어졌고, 그것을 따라서 기다란 호수도 함께 빠져나왔다.

후두두둑!

호수를 따라서 피가 줄줄 새어 나옴에 따라 화수는 재빨리 자신의 구급대를 열어 압박붕대를 꺼내 응급처치를 하였다.

이제 공중에서 내려온 화수는 그녀를 안고 상태를 살폈다.

"이봐, 학생! 괜찮아?!"

"…누, 누구세요?"

"아저씨는 대한민국 육군이야."

"군인 아저씨……."

"정신을 차려봐!"

"어지러워요. 머리에서 피가 빠져나가는 느낌이 들어서……."

화수는 백성희 소령을 불렀다.

"백성희 소령!"

—네, 대장님!

"이 소녀가 정신을 차렸다! 그런데 머리에 구멍이 뚫려서 출혈이 있는 것 같아! 응급처치가 필요하다!"

그녀는 재빨리 뚜껑을 열고 밖으로 뛰어나왔다.

"대장님! 이쪽입니다!"

"뭐?!"

"이곳에 수술 장비들이 갖춰져 있습니다! 지금 당장 김예린 중령을 불러서 정밀 수술을 집도할 수 있을 것 같습니다!"

김태하 소령이 궁여지책으로 찾아낸 그곳은 반인반수를 만들기 위해 사용했던 수술장이었는데, 이곳에는 아직까지 시판되지 않는 장비들과 약품들이 대거 구비되어 있었다.

화수는 곧바로 김예린 중령을 불러들였다.

"부중대장, 이곳에 응급 환자가 있다! 지금 당장 오토바이를 타고 달려올 수 있도록!"

—알겠습니다!

이제 화수는 동료들을 데리고 수술방을 세팅하기 시작한다.

"이제부터 이곳은 김예린 중령과 백성희 소령이 통제한다. 우리는 두 사람의 통제를 따르면서 함께 수술방을 준비하는 거다."

"예, 대장님!"

화수는 백성희의 지시에 따라서 차근차근 수술실을 차려 나갔다.

*　　*　　*

화수의 호출을 받고 도착한 김예린 중령은 구멍이 난 두개골을 메워야 한다고 말했다.

"절개한 부위를 막을 수 있는 인공뼈가 이곳에 구비되어 있습니다. 아무래도 반인반수를 만들어낼 때 두개골을 절개하고 그것을 채우기 위하여 신소재를 개발한 것 같아요."

"놈들의 기술력이 발전했다는 것은 나쁜 소식이지만 그 기술력을 지금 우리가 확보했다는 것은 낭보이군."

"그런 셈이지요."

그녀는 이제 마취에 들어가려는 그녀의 환부를 가리키며 말했다.

"여섯 곳에 구멍을 뚫고 지지대를 연결할 겁니다. 그렇게 되면 두개골 뼈가 붙어 제 역할을 할 수 있도록 도와주게 되겠지요."

"그렇게 한 이후엔 추가 수술이 없나?"

"일단 엑스레이상에 아무런 이상 소견이 나오지 않았으니 머리만 덮어놓으면 고비는 넘길 겁니다. 하지만 응급수술 이후에 곧바로 큰 병원으로 옮겨서 정밀 수술을 다시 받고 내과적 치료도 함께 병행해야겠지요."

"쉽지 않은 길이 되겠군."

"하지만 그래도 목숨을 건졌다는 것이 어디입니까? 대장님이 아니었으면 과다 출혈에 내출혈까지 겹쳐서 그 자리에서 즉사했을 겁니다."

"운이 좋았던 것이지."

"뭐, 어찌 되었든 간에 고국의 소녀를 살릴 수 있다니 기쁘긴 하군요."

"잘 부탁하네."

"이게 제 일인데요."

그녀는 백성희와 함께 수술에 들어가기로 한다.

"백성희 소령, 시작합시다."

"예, 알겠습니다."

"그럼 모두 다 나가서 대기해 주십시오."

"알겠네."

전장에서 터득한 기술력을 바탕으로 응급수술이 진행된다.

대략 세 시간 후, 김예린이 수술장에서 걸어 나왔다.

땀에 흠뻑 젖은 그녀는 피곤한 기색이 역력했지만 목소리에는 생기가 넘쳤다.

"수술은 성공적입니다. 다만, 제가 뇌의학 전문의가 아니라서 정확한 소견을 내기가 힘드네요."

"아무튼 사람이 살았으면 되는 것이지 뭐."

화수가 이미 유엔에 기별을 넣어둔 상태이기 때문에 몇 시간 후엔 유럽연합군이 이곳으로 상륙하게 될 것이다.

그때 그녀를 후방으로 호송하고 부상자들까지 병원으로 보내면 이제 사태는 일단락되는 셈이었다.

화수는 그녀의 어깨를 두드려 주었다.

"고생 많았네. 이제 유럽연합군 올 때까지 좀 쉬게. 나머지는 우리가 알아서 처리하겠네."

"예, 알겠습니다."

이제 태하와 동료들은 지금껏 그랬듯이 수술이 끝난 환자를 격리병동으로 옮기고 처방된 약을 주사하여 안정을 취하도록 하였다.

*　*　*

세 시간 후, 수술에 들어갔던 그녀가 깨어났다.

"으음……."

그 곁을 지키고 있던 화수가 그녀에게 말을 걸었다.

"정신이 좀 들어?"

"여긴……?"

"아직 실험실이야. 유럽연합군이 이곳까지 오는데 네 시간쯤 걸린다고 해서 부득이하게 격리병동을 빌렸어."

"…그래요, 기억이 나는 것 같아요. 처음 이곳에 끌려와 수술을 받았을 때 이런 광경에서 눈을 떴었죠."

화수는 그녀에게 미소를 건넸다.

"기분이 좀 어때? 머리에 달린 것을 제거하고 구멍 난 부분을 다시 복구해 놓았어. 원래대로 되돌아가서 생활하게 될 수 있을지는 아직 확실하지는 않지만 일단 고비는 넘겼대."

"좋아요. 약간 불안한 기색이 없지는 않지만 그래도 기분은 좋아요."

"다행이야. 이제는 전문가들에게 가서 정밀 진단을 받고 나머지 추가 수술을 받으면 아주 좋아질 거야."

"고맙습니다."

"별말씀을."

화수는 수첩을 꺼내어 메모할 준비를 했다.

"몇 가지 조사를 좀 해야 해. 너를 고국으로 돌려보내자면 정보가 있어야 하거든."

"네, 알겠어요."

"이름이 어떻게 되니?"

"연하나요."

"고향이 어디니?"

"충북 청주시 서원구 분평동이요."

"납치를 당했던 시기와 당시의 나이는?"

"2013년 5월이요. 그 당시의 나이는 열아홉이요."

"지금이 2017년이니까 4년이 흘렀구나. 올해로 23세가 되었어."

"…제가 성인이 되었네요. 한창 대학 입시로 바빴었는데."

그녀는 눈물이 어린 눈동자를 반달모양으로 접었다.

"그래도 살아 있는 것이 어디에요? 감사해요."

"인명재천이라고 했어. 이 모든 것이 네 복이지."

그는 계속해서 그녀의 신상 명세를 적어 내려간다.

"가족 관계는 어떻게 되지?"

"아버지, 어머니, 언니 둘 이요."

"딸부자 집 막내딸이네? 그것도 셋째 딸."

"맞아요. 아빠가 항상 집에 여자밖에 없다고 외롭다고 하셨었죠."

그녀는 가족들에 대한 얘기가 나오자마자 눈물을 흘리고 만다.

"…우리 부모님과 언니들은 어떻게 지내고 있을까요? 혹시 내가 없다고 집안이 뒤집어지진 않았겠죠?"

"뒤집어지긴 했겠지. 하지만 이젠 괜찮아. 네가 생환하게 되면 모든 것이 제자리로 돌아가게 될 테니."

"정말 그렇게 될까요?"

"그렇게 되도록 우리가 힘쓸 거야. 그러니 걱정할 필요 없어."

화수는 그 밖에 그녀의 신상 정보를 빠짐없이 기록하였다.

* * *

네 시간 후, 유럽연합군이 발전소에 도착하였다.

연합군의 책임자인 영국군 장교 제임스 실버튼이 화수에게 악수를 건넸다.

"제임스 실버튼 준장입니다."

"강화수 준장입니다."

"대단한 공적을 세우셨습니다. 아마 유럽연합에서 귀하와 부하들에게 성의 표시를 할 겁니다. 기쁘게 받아주셨으면 좋겠습니다."

"물론입니다."

그는 화수의 곁에 누워 있는 하나를 바라보며 물었다.

"그나저나 저 실험체는 어떻게 하실 작정이십니까?"

"…실험체요?"

"적이 실험체로 삼았다고 들었습니다. 더군다나 엄청난 저력을 가진 반인반수라고요."

제임스는 화수에게 자신과 유럽연합의 뜻을 확고히 전달하였다.

"우리 유럽연합은 해당 실험체를 생포하여 적의 의지를 파악하고 그것을 완벽하게 좌절시키고자 합니다. 협조해 주시지요."

"그게 무슨 말도 안 되는 소리입니까? 이 소녀는 우리 대한민국의 국민입니다. 당신들이 함부로 데리고 갈 수 없는 사람이란 말입니다."

그는 실소를 흘렸다.

"후후, 그거야 어디까지나 그녀가 일반인이었을 때의 얘기지요. 지금은 어림 반 푼 어치도 없는 소리입니다."

"하지만 이 시설을 점령한 쪽은 우리입니다."

"시설에 수용되어 있었던 사람들을 처리하라고 전권을 일임한 사람은 그쪽이지요. 우리 유럽연합을 부를 때 그렇게 말씀하지 않으셨습니까?"

화수는 어처구니가 없어서 물었다.

"아니, 그렇다면 이렇게 멀쩡한 소녀를 데리고 가서 다시 그 끔찍한 실험을 겪게 만들겠다는 소리입니까?"

"당연합니다. 재발 방지 차원에서 말입니다."

그는 분노에 몸을 떨었다.

이제 보니 이들은 애초에 화수가 사냥해 놓은 실험체들을 가지고 추가 실험을 자행할 생각이었던 모양이었다.

화수는 여차하면 일격을 출수할 생각이었다.

"…이 사람들이 정말 보자보자 하니까 안 되겠군. 진짜 혼쭐이 나봐야 정신을 차리겠습니까?"

"뭐요?"

하나는 그런 화수의 손을 꽉 잡았다.

"아저씨, 전 괜찮아요. 어차피 이대로 돌아간다고 해도 일상으로 복귀할 수 있을지 없을지 알 수가 없잖아요? 그럴 바엔……."

"…말도 안 되는 소리야."

"후후, 말이 통하는 쪽은 이쪽이었군요."

제임스는 무전기로 부하들을 호출하였다.

"여기는 둥지새, 어서 실험체를 옮길 수 있도록."

—입감.

잠시 후, 그의 부하들이 들것을 들고 격리병동으로 들어섰다.

그들은 수갑과 입마개를 꺼내어 그녀에게 들이댔다.

"자, 가자."

"정성을 다해도 모자랄 판에 재갈까지 물리겠다?"

"본인의 의지가 확고하니 나머지는 우리가 알아서 합니다."

"정말 이래야겠나?"

"우리를 부른 것은 당신입니다."

"…후회하게 될 텐데?"

바로 그때였다.

쾅!

격리병동이 열리며 레이시스가 들어섰다.

"어이, 군바리들. 여기가 어디라고 까불어? 유럽은 이 레이시스의 구역이라는 사실을 잊었나?"

"레, 레이시스……!"

"너희들이 뭔가 착각을 하고 있는 모양인데 저 친구는 부탁을 하고 있는 것이 아니야. 통보를 하고 있는 거지."

제임스는 인상을 와락 구겼다.

"아무리 레이시스 당신이라고 해도 유럽연합에게 함부로 이럴 수는 없습니다."

"무슨 근거로?"

그는 권총을 꺼내어 제임스에게 들이댔다.

철컥!

그러자, 사방에서 유럽연합군의 총구가 위로 올라왔다.

촤라라라락!

"…손들어, 손가락 하나만 까딱해도 머리에 바람구멍 날 줄 알아라."

가만히 상황을 지켜보고 있던 화수가 직접 나섰다.

"어지간하면 질서를 해치는 일은 하고 싶지 않았지만 도저히 안 되겠군."

"……?"

화수가 손가락을 살며시 움직이자, 20자루의 권총이 마구 일그러지기 시작했다.

끼기기기긱!

"허, 허억!"

"사람이 좋게 말하면 듣지를 않는군. 유럽이 이렇게 나온다면 우리 대한민국도 가만히 있지는 않겠다."

"…외교 전쟁이라도 벌이겠다는 소리인가?"

첨예한 대립을 보이고 있던 두 세력 가운데 강유가 들어섰다.

그는 제임스를 보자마자 따귀를 한 대 후려갈겼다.

짜악!

"으윽!"

그러곤 발로 복부를 걷어차 몸을 90도로 굽히게 만들었다.

퍽!

"커헉!"

"건방진 자식이군. 남이 호의를 배풀면 감사합니다, 하면서 받는 거다. 유치원부터 다시 다녀야 할 자식이로군."

강유는 주먹으로 제임스의 얼굴을 수차례 가격하였다.

퍽, 퍽, 퍽!

"쿨럭, 쿨럭!"

"유럽연합이고 뭐고 사람을 실험체로 취급하는 것들은 상대할 가치가 없다."

그는 제임스의 머리채를 휘어잡아 그 얼굴을 위로 들어 올렸다.

꽈드득!

"으윽……!"

"유럽연합의 수장이 누구인가? 내가 담판을 짓겠다."

"…정말 자신이 있나?"

"개소리 그만 지껄이고 결판을 내자고."

레이시스는 자신의 지갑에 있던 신분증을 꺼내어 집어 던졌다.

"앞으로 우리 용병단은 유럽에서의 생활을 청산하고 아시아로 떠나겠다. 그러니 수렵을 하든 말든 너희들 마음대로 한번 해봐."

"…조국을 버리겠다는 것인가?"

"조국이 조국다워야 조국이지. 그딴 조국은 필요 없어."

제임스는 실험체들 중 가장 강력한 그녀를 확보하기 위해 난리를 쳤지만 결국 자신의 뜻을 굽힐 수밖에 없었다.

"…별수 없군. 좋아, 그녀는 보내주겠다. 하지만 나머지 실험체들은 우리가 알아서 관리하겠다."

레이시스는 고개를 저었다.

"으음, 그렇게는 안 되지. 저들을 다시 가족들의 품으로 돌려보내지 않으면 진짜 뜨거운 맛이 뭔지 맛보게 될 거야."

"그럼 우리가 얻는 것이 뭐야? 그냥 맨손으로 돌아가라는 것인가?"

"왜 얻는 것이 없어? 너희들은 조국의 아들과 딸들을 구하지 않았나? 그보다 더 값진 것이 어디 있다고 그러나?"

"……."

"아무튼 너희들이 허튼 행동을 했다간 유럽은 수렵의 큰 공백을 맞게 될 것이다. 우리가 그렇게 만들어줄 것이거든."

레이시스와 강유가 그녀를 들것에 옮겨 실었다.

"자, 그럼 우리는 한국으로 돌아가 보자고."

"알겠어."

강유는 화수의 등짝을 가볍게 쳤다.

짝!

"뭐야……?"

"잘 참았다. 잘못했으면 살인이 날 뻔했잖아?"

"죽일 가치도 없는 놈들이다. 괜히 손에 피를 묻힐 필요는 없지."

사실 이곳에 모인 병력들과 화수 일행이 맞붙는다면 화수 일행이 압승을 거두게 될 것이다.

그렇지만 화수는 저들 역시 한 가정의 아들이고 가장일 것이라는 사실을 알고 있었다.

때문에 괜히 실수를 두기 싫었던 것뿐이다.

화수 일행은 더 이상 시끄럽게 말을 섞지 않고 한국으로 돌아갔다.

* * *

한편, 한국에서 이 소식을 접한 한명희의 측근들은 당장 청와대를 찾았다.

그들은 한명희에게 화수의 행동을 강력히 비난하였다.

"한 나라의 군인이라는 사람이 개인적인 감정에 휘말려 유럽연합과 척을 지다니요, 이게 말이나 되는 소리입니까?"

"우리가 유럽에 퍼주어야 할 돈이 얼마인데 그것을 상쇄시킬 기회를 그렇게 날려 버리면 어쩐답니까?"

한국정부는 원전을 복구하는 비용을 지불하는 대신 수렵에서 확보한 실험체들을 일거에 넘기려는 속셈이었다.

하지만 한명희는 그곳에 대한민국 국민이 있을 것이라곤 전혀 상상조차 하지 못했다.

그는 화수의 선택을 지지할 수밖에 없었다.

"우리나라의 딸입니다. 우리가 지키지 않으면 누가 지킵니까?"

"그렇다고 수조 원을 그냥 날리자고요?"

"돈이 사람의 목숨보다 더 중요합니까?"

"…지금 감성 팔이를 할 때가 아니잖습니까? 당장 세금에 구멍이 나게 생겼는데 그 돈은 다 어디서 충당한단 말입니까?"

"세금은 상쇄시킬 방안이 얼마든지 있습니다. 하지만 죽은 사람은 되돌아오지 않지요."

"허어!"

한명희는 그들의 입을 한 방에 닫아버렸다.

"그리고 또 하나, 지금의 강화수 준장이 우리 한국군을 나가 용병단에 들어가면 어떤 상황이 벌어지겠습니까?"

"물론 엄청난 타격이겠지요. 하지만 그는 대한민국 국민이고 군인입니다. 종신 계약이 된 상태에서 군을 나가는 것은 불법이란 말입니다."

그는 실소를 흘렸다.

"후후, 뭔가 크게 착각을 하고 있군요. 이제 그를 법으로 묶을 수 있을 것 같습니까? 천만의 말씀입니다. 그는 우리가 컨트롤할 수 있는 사람이 아닙니다."

"하지만 그래봤자 한 사람 아닙니까?"

"그래요. 한 사람이죠. 하지만 그 한 사람이 멸망의 위기에서 지구를 몇 번이고 구해냈습니다. 그 가치가 얼마나 될 것 같아요?"

"그건……."

"자, 그럼 반대로 생각해 봅시다. 만약 강화수 준장이 수렵에 대한 대가로 정당한 비용지불을 요구한다면 과연 얼마를 지불해야 할까요? 1억? 100억? 1,000억?"

"……."

"수조 원을 요구해도 우리는 할 말이 없어요. 그가 군을 떠나고 한국을 등진다면 우리는 순식간에 추락할 수밖에 없습니다. 그 사실을 명심하세요."

한명희는 그들에게 큰 그림에 대해서 설명하고 그것을 깨우쳐 주었다.

지금 화수가 군을 떠난다면 강유와 야차 중대 역시 한국을 떠날 것이고 그의 동료나 마찬가지인 레이시스와 용병단의 조력도 기대하기 힘들다.

만약 그 상황에서 절체절명의 위기를 맞이하게 된다면 한국은 또다시 국토를 잃고 고립될 수밖에 없을 것이다.

그때는 몬스터의 침략을 막아낼 화수라는 방패가 없으니 멸망해도 이상할 것이 없을 터였다.

"위기의식을 좀 갖고 계세요. 우리가 강화수 준장에게 머리를 쳐들고 요구할 처지가 아니란 말입니다."

"…그렇군요."

"유럽연합에선 뭐랍니까?"

"별말은 없습니다. 이미 레이시스가 한바탕 난리를 쳤기 때문에 바짝 쪼그라든 것 같더라고요."

"보세요. 유럽연합은 알아서 기고 있잖습니까? 길 땐 기고 줄 땐 주세요. 그게 우리가 살아남는 방법입니다."

"하지만 그렇게 되면 통제가 불가능할 텐데요?"

"애초에 우리의 뜻대로 그들을 통제할 수 있는 힘이 있었다면 이런 고민도 안 하겠죠. 그들은 사명감 하나로 사는 사람들입니다. 그러니 그 사명감이 비뚤어지지 않도록 납작 엎드리세요. 알겠습니까?"

"예, 알겠습니다."

한명희는 말을 맺자마자 손짓으로 그들을 내보냈다.

"다들 나가보세요. 가서 일하세요. 이렇게 어처구니없는 항의를 할 것이라면 자리를 몰수하겠습니다."

"죄, 죄송합니다!"

사실, 이들은 한명희를 압박하여 화수와의 격리를 도모할 생각이었으나 오히려 대통령의 힘만 커지게 생겼다.

어찌 되었든 간에 지금 화수와 가장 끈끈한 사이는 한명희였기 때문이다.

그는 다시 아무런 일도 없었던 것처럼 집무에 열중하였다.

* * *

대한민국의 명실상부 제1 의료 기관으로 손꼽히는 서울가람종합병원으로 야차 중대의 전술 비행기가 날아들었다.

위이이잉……!

헬기 착륙장에 안착한 전술 비행기 곁으로 대략 20명의 의료진들이 다가왔다.

그들은 밀봉 상태의 환자용 침대를 가지고 있었는데 아무래도 머리가 한번 열렸던 상태라서 감염에 대한 걱정이 큰 것 같았다.

20명의 의료진들은 각종 내, 외과의 전문의들로 구성된 최고의 실력자들이었다.

그들은 하나의 상태를 보자마자 착착 진단을 해나간다.

"안색은 좋군요. 응급수술이 잘된 모양입니다."

"심리 상태도 그리 나쁘지 않아요."

"감염도 일단은 안심입니다. 상처 부위가 부풀거나 곪지 않았으니 괜찮을 것 같네요."

의료진들이 모여들어 그녀의 상태를 진단하는 동안 화수는 그녀에 대한 신상 명세서를 넘겨주었다.

"일단 입원을 시키고 치료를 해주십시오. 보호자는 제가 찾아서 데리고 오겠습니다."

"잘 알겠습니다. 안 그래도 청와대에서 연락이 왔습니다. 중요한 환자라서 잘 보호해야 한다고 말입니다."

"잘 아시는군요."

강유는 의사들에게 사설 경호원들의 투입에 대해서 물었다.

"이 병원에도 경호원들이 있죠?"

"예, 그렇습니다. 병원 경호실장이 4중으로 경호를 붙여두겠다고 말했습니다. 그리고 보안팀에서 인근 CCTV를 점검하고 추가로 설치도 마쳐놓은 상태입니다."

"그래요. 노리는 사람이 많은 아가씨이니 행여나 불안해하지 않도록 각별히 신경 써주세요."

"예, 알겠습니다."

화수는 그녀에게 핸드폰을 하나 건넸다.

"하나 양, 이것을 가지고 있도록 해. 앞으로 무슨 일이 생기면 나에게 곧바로 연락을 줘."

"알겠어요."

다시 비행기로 돌아가려는 화수에게 하나가 말했다.

"아저씨, 정말 고마워요. 이 은혜는 절대로 잊지 않을게요."

"은혜는 네가 건강하게 잘 사는 것으로 대신 갚도록 해. 우리가 열심히 싸워 너를 구해낸 노고가 헛되지 않도록 말이야."

"알겠어요. 앞으로 열심히 살게요."

의사들은 그녀를 데리고 한시라도 빨리 움직이고 싶은 눈치다.

"밖에 오래 있는 것은 좋지 않습니다. 장군님, 저희들은 먼저 들어가겠습니다. 환자를 병실로 옮겨야 해서요."

"아아, 미안합니다. 어서 들어가세요."

화수는 멀어지는 그녀에게 손을 흔들었다.

"잘 지내고 있어! 금방 다시 올게!"

"네!"

야차 중대의 전술 비행기가 다시 떠올랐다.

* * *

충북 청주시청을 찾아온 화수에게로 시청 행정 지원과장 곽지원이 마중을 나왔다.

그녀는 화수에게 약간 수줍은 듯 악수를 청했다.

"강화수 준창님?"

"아, 예. 반갑습니다."

"곽지원이에요. 시청에서 행정 지원과장을 맡고 있죠."

"말씀은 전해 들었습니다. 그런데 굳이 이렇게 나오실 필요는 없는데 말이죠."

"호호, 무슨 말씀이세요? 충북의 자랑스러운 인물 베스트 5에 뽑힌 스타인데, 당연히 마중 나와야지요."

"제, 제가요?"

곽지원은 화수에게 '충북의 자랑스러운 아들들'이라는 책자를 건넸다.

해당 책자는 충북도청에서 발행하는 월간지인데 자랑스러운 아들들 베스트 5에 화수의 얼굴이 올라 있었다.

화수는 고개를 갸웃거렸다.

"그런데 저는 엄연히 따지면 충북은 아닌데요."

"고향이 대전 아니세요?"

"예, 대전이요. 대전은 엄연히 따져서 충남 아닙니까?"

"…원래 대전도 갈래가 많았잖아요? 대전 어느 쪽?"

"동구요. 자양동."

"외가가……."

"대덕이요."

"그래요, 대덕! 대덕은……."

"충남이죠."

"그렇다면 본가는 어디신데요?"

"산내요."

그녀는 어색하게 웃으며 얼버무렸다.

"오, 오호호! 충남이나 충북이나 어차피 거기서 거기죠 뭐.

안 그래요?"

"그건 좀……."

대전 끝에 있는 세천만 되어도 어떻게 이해를 해보겠지만 평생을 대전에서 살아온 화수에게 충북의 아들이라고 칭하는 것은 무리가 있었다.

"충청도의 아들이라면 몰라도 충북의 아들은 무리가 있지 않을까요?"

"오호호! 그럼 그렇게 생각해 주시면 되겠네요. 안 그래요?"

화수는 어색하게 웃었다.

"아, 아하하… 그러시죠."

"자, 그럼 들어가 볼까요?"

그녀가 시청문을 열자마자 시청직원들이 화환과 케이크를 들고 나타났다.

빰빠바밤!

"우리 충북의 아들! 자랑스러운 충북의 인물인 강화수 준장님이십니다!"

"와아아아아!"

짝짝짝짝!

곽지원은 화환을 들고 서 있는 부시장에게 쪼르르 달려가 귓속말을 전했다.

그러자 부시장이 바로 얼굴색을 바꾸었다.

"하하하! 다시…! 우리 충청의 아들! 자랑스러운 충청의 인물인 강화수 준장님이십니다! 박수!"

"…와아아아아!"

직원들은 언제 그랬냐는 듯이 부시장의 실수를 덮어주고 환호성을 질러댔다.

얼떨결에 화환에 선물까지 받은 화수는 얼이 쭉 빠진 얼굴로 부시장에게 다가갔다.

"강화수 준장입니다……."

"하하, 반갑습니다! 이렇게 직접 충북, 아니지, 충청의 아들을 만날 수 있게 되어 영광입니다."

"아닙니다. 영광까지야……."

"아무튼 들어갑시다. 기다리는 분이 계세요."

"기다리는 사람이요?"

부시장은 화수의 손을 잡고 시장실로 안내하였다.

똑똑.

"손님이 오셨습니다."

"오오, 드디어 오셨군!"

시장실의 문이 열리자마자 충북지사와 국회의원들이 시장과 함께 우르르 몰려 나왔다.

개량 한복으로 한껏 멋을 낸 시장과 충북지사, 국회의원들은 마치 크리스마스 선물을 기다렸던 아이들처럼 호들갑을 떨었다.

"하하, 이야! 실물이 훨씬 더 미남이시군!"

"강준장, 사진 한번만 찍읍시다!"

"아, 아예……."

"아니, 차례 좀 지키세! 내가 자네보다 선배인데 이럴 수 있나?"

"그럼 같이 찍으시죠. 강화수 준장, 괜찮으시죠?"

자신을 두고 사진 경쟁까지 벌이는 광경을 보니 이 자리가 너무나도 불편해진 화수였다.

그렇지만 지금 이 자리에서 마냥 불편함을 토로할 수는 없었다.

"아, 예. 그러십시오. 사진이라면 몇 장이든 괜찮습니다."

"하하! 고맙네! 사진 찍고 나면 사인도 좀……."

"물론입니다."

"하하! 화끈하시군그래!"

화수는 시청의 행정 지원 한번 받으려 왔다가 졸지에 관심의 몰매를 얻어맞게 되었다.

'이럴 줄 알았으면 그냥 야구 모자 눌러쓰고 찾아올 것을 그랬군.'

속으로 한참을 후회하고 있던 화수에게 행정 지원과 직원이 다가와 슬그머니 말을 걸었다.

"…준장님, 여기 서류요."

"아, 고맙습니다."

"다행히도 거주지에 사람이 그대로 살고 있다는 것을 확인했으니 찾아가보시면 될 겁니다."

"신경 써주셔서 감사합니다."

그녀는 화수에게 쑥스럽다는 듯이 핸드폰을 스윽 들이밀었다.

"저, 죄송하지만… 사진 한 장만 찍어주실 수 있을까요?"

"그, 그럽시다."

화수는 다시는 이런 행렬을 하지 않았으면 하는 작은 바람을 가져본다.

*　　　*　　　*

충북 청주의 도심에 위치한 아담한 아파트를 찾은 화수는 입구를 지키고 있던 경비에게 방문증을 받아가기로 했다.

똑똑.

창문을 두드리자 CCTV를 살피고 있던 아파트 수위가 문을 열어주었다.

"무슨 일이신가?"

"아파트에 용무가 있어서 왔습니다. 자운대 수렵 사령부에서 나왔습니다."

화수의 신분증을 받은 수위가 크게 반색하며 그를 반겼다.

"어이쿠, 이게 누구야?! 우리 충북의 아들 강화수 준장 아니야?!"

"아, 예……."

"가문의 영광일세. 요즘 강화수 준장의 얼굴이 자주 신문에 오르내리던데, 이렇게 보니 반갑구먼."

"감사합니다."

그는 더 이상 이곳에 머물면 주변의 이목을 집중키실 수도 있겠다 싶어 재빨리 방문증을 요구하였다.

"신분 확인이 되셨으면 방문증 좀 주시지요."

"하하! 방문증은 무슨, 그냥 들어가시게. 내가 알아서 현관까지 열어주겠네."

"그래도 됩니까?"

"자네 얼굴 모르는 사람이 없는데 설마하니 해괴한 짓을 저지르겠나?"

"으음, 그건 그렇군요."

수위의 프리패스 서비스를 받으며 아파트 정문을 통과한 화수는 더 이상 귀찮은 일에 엮이지 않기를 바라면서 걸었다.

하지만 그 바람은 채 1초도 지나지 않아서 깨지고 말았다.

"어?! 군인 아저씨다!"

"어디? 어디?!"

"저 아저씨, 신문에 나온 군인 아저씨잖아?!"

"우와아아아!"

아파트 별관에 위치해 있던 유치원에서 아이들이 우르르 쏟아져 나왔다.

하필이면 지금 시간이 유치원의 하교 시간과 겹쳤던 것이다.

'오마이갓…….'

아이들은 화수를 보자마자 왁자지껄하게 떠들며 장난을 걸었다.

"아저씨 총 쏠 줄 알아요?!"

"혹시 총 가지고 있어요?! 한번만 쏴보면 안 되요?!"

"아저씨는 힘이 세다고 하던데, 정말 세요? 우리 아빠보다 센가?"

화수는 지금까지 아이들과는 친하게 지내본 적이 없기 때문에 머리가 어질어질해지는 것 같았다.

'아아, 사람 만나기 힘들구나. 이래서 연예인들이 마스크를 쓰고 돌아다니는 모양이군.'

그는 아이들의 관심을 끌 만한 물건을 하나 건네주었다.

"예들아, 이게 뭔 줄 알아?"

화수가 꺼낸 물건은 에너지 송출이 끝난 몬스터 코어였다.

몬스터 코어는 에너지 송출이 끝나고 수명을 다하게 되면 장식용 큐빅으로 사용하기도 하는데, 이 안에서 음이온이 방출되어 건강 팔찌에 자주 내장된다.

아이들은 지금까지 몬스터 코어 원석을 본 적이 한 번도 없어서 연신 감탄사를 연발하였다.

"우와, 이게 뭐예요?!"

"몬스터의 심장이야."

"우와아아아!"

"지금은 에너지를 잃고 이런 돌의 형태가 된 것이지. 어때? 예쁘지?"

"아저씨, 이거 가져도 되요?!"

"응, 그래. 여기서 제일 착한 아이가 갖거라. 여기서 누가 제일 착하지?"

아이들은 너, 나 할 것 없이 손을 번쩍 들었다.

"저요!"

"아니야, 나야! 나에요, 나!"

콩콩 뛰면서 자신을 어필하는 아이들에게 화수가 몬스터 코어를 건네며 말했다.

"좋아, 그럼 이렇게 하자. 아저씨가 이걸 지금 줄 테니까 선생님께 가져가. 그러곤 누구에게 줄 것인지 결정해 달라고 말씀드려."

"아아, 너무해요!"

"싫으면 어쩔 수 없고."

"아니에요! 주세요!"

화수가 몬스터 코어를 주자마자 아이들이 우르르 몰려들었다.

"우와, 우와!"

"한번 만져보자!"

"안 돼! 아저씨가 선생님 드리라고 했잖아!"

"만져보는 건 괜찮아! 누가 갖는데?"

"그래도 안 돼!"

이제 슬슬 갑론을박이 벌어지려는지 유치원생들의 의견이 하나하나 고개를 들기 시작하였다.

가장 먼저 돌을 받았던 아이가 뒤를 돌아보았다.

"아저씨, 안 되죠? 그렇……."

하지만 이미 저 멀리 내빼고 없는 화수에게 답을 구할 수는 없었다.

"어라? 아저씨가 없네……."

"한번만 만져보자! 어서!"

"나도!"

"나도 만져볼래!"

"안 된다니까!"

아이들은 한동안 그 자리에서 갑론을박을 계속하였다.

*　　　*　　　*

간신히 유치원생들을 따돌리고 하나의 집 앞에 도착한 화수는 초인종을 눌렀다.

딩동!

그러자 안에서 약간 원숙한 여성의 목소리가 들려온다.

"누구세요?"

"안녕하십니까? 자운대 수렵 사령부에서 나온 강화수 준장이라고 합니다."

잠시 후, 문이 열리며 20대 중반의 여성이 고개를 빠끔히 내밀었다.

"누구시라고요?"

"강화수 준장이라고 합니다."

그는 자신의 군 신분증을 건네면서 신분 확인을 해주었다.

그녀는 조금 놀라는 표정이다.

"어머나, 신문에 나오시던 그 아저씨 아니세요?"

"맞습니다. 그런데 아저씨는 아니고요."

"죄송해요… 군인이면 다 아저씨라고 부르는 습관이 있어서요."

"아닙니다. 괜찮습니다."

화수는 그녀에게 자신의 방문 목적에 대해 설명하였다.

"오늘 제가 찾아온 이유는 다름이 아니고 동생분에 대한 정보를 드리기 위해서입니다."

"도, 동생이요? 우리 하나요……?"

"예, 그렇습니다. 한번 읽어보시죠."

그는 하나의 현재 상태와 구조 작업에 대한 전반적인 과정이 담긴 보고서를 건네주었다.

하나의 언니는 떨리는 손으로 그것을 받아 읽어보았다.

그리고 잠시 후, 그녀는 주체할 수 없는 눈물을 떨어뜨리기 시작한다.

"흑흑…! 우리 하나가 드디어 돌아왔네!"

"지금 서울에 있습니다. 하나 양의 부모님도 안에 계신지요?"

"아빠는 지금 제주도로 출장을 가셨고 언니는 직장이 있어요… 엄마는 방에 계시고요."

"그렇군요. 그럼 적당한 시일을 봐서 병원으로 찾아와주십시오. 일단 병원에 입원은 했지만 보호자의 동의가 있어야 하거든요. 그리고 국가에서 위로금과 정신적 피해 보상을 지원할 예정인데, 미성년자라서 본인 계좌는 사용을 못 합니다. 그러니 바쁘시더라도 반드시 빠른 시일 내에 병원에 방문해 주십시오."

그녀는 고개를 저었다.

"아니요, 지금 가야죠! 이 세상에 어떤 일이 잃어버렸던 동생보다 중요하겠어요?!"

"그러시겠습니까?"

하나의 언니는 이내 눈물을 닦고 화수를 집으로 안내하였다.

"일단 좀 들어오세요. 시간 괜찮으시면 얘기 좀 해주세요."

"알겠습니다."

그녀는 집으로 들어서자마자 울먹이는 목소리로 어머니를 찾았다.

"…엄마! 엄마, 좀 나와 봐!"

"무슨 일인데? 누가 왔어?"

"하나를 찾았대!"

순간, 하나의 모친이 화수에게로 달려왔다.

"우, 우리 하나를 찾았다고요?! 어, 어디서요?! 하도 사기 전화가 많이 와서……."

"저는 수렵 사령부의 강화수 준장입니다. 따님은 북유럽 발전소 아래에 있는 생체 실험장에서 찾아냈습니다."

"…어, 어디요?"

화수는 일단 흥분한 그녀를 안정시키는 것이 우선이라고

생각했다.

"좀 앉으시죠. 괜찮으시다면 천천히 얘기를 들어주십시오."

"그, 그래요……."

그녀는 화수를 따라서 거실 소파에 앉아 차근차근 얘기를 전해 들었다.

*　　　*　　　*

그날 오후, 하나의 가족들이 전부 집으로 모여들었다.

한국전력공사에 다니는 하나의 부친은 제주도에서 비행기를 타고 두 시간 만에 돌아왔고 큰 언니는 회사에 조퇴 및 월차를 내고 왔다.

화수는 그들에게 충분한 설명을 하였고 그에 대한 자료도 함께 보여주었다.

"현재 대한민국 최고의 의료진들이 최선을 다해서 치료하고 있습니다. 지금 상태는 뇌하수체에 주입되었던 몬스터의 줄기세포 말고는 별다른 이상이 없는 것으로 확인되고 있습니다."

"그럼 한번 생겨난 그 이상한 능력과 몬스터의 DNA는 없어지지 않는 겁니까?"

"말씀하신 것처럼 몬스터의 염색체가 주입되어 한차례 변태를 한 것이기 때문에 평범한 사람으로 살아가기는 힘들 겁니다."

"아이고, 내 딸아!"

눈물을 쏟는 하나의 양친에게 화수가 위로하듯 말했다.

"당장은 힘들겠지만 적응 훈련을 거치면 금방 괜찮아질 겁니다. 이 부분에서도 전문가들이 있기 때문에 시간을 갖고 천천히 적응하면 꿈을 이룰 수 있을 것입니다."

"…그럼 일상생활은 가능하다는 얘기인가요?"

"몬스터의 DNA를 컨트롤할 수 있는 능력만 배양하면 충분히 가능합니다. 지금도 본능을 제어하는 방법을 완전히 터득한 상태고요."

그제야 하나의 가족들은 가슴을 쓸어내렸다.

"휴우… 다행이네요."

"아무튼 오늘 당장 서울로 가시겠다면 저희 부대에서 비행기로 모셔다 드리겠습니다. 차를 타고 가는 것보다는 훨씬 빠르실 겁니다."

하나의 부친은 꾸벅 고개를 숙였다.

"고맙습니다… 이렇게 신경을 써주시다니요."

"아닙니다. 저희들 군인들이 국민을 잘 지켰어야 했는데, 무장 세력이 잠재하고 있는 줄도 모르고 몬스터 사냥하기에 급급했으니 뭐라 사죄를 드려야 할지 모르겠습니다."

화수는 가족들의 앞에 정중히 무릎을 꿇었다.

"죄송합니다. 다시는 이런 일이 생기지 않도록 최선을 다하겠습니다."

"아이고, 이러지 마십시오. 일어나세요. 선생님께선 이미 최선을 다하고 계시지 않습니까? 안 그래도 뉴스와 신문으로 무용담을 전해 듣고 있습니다. 훌륭하신 분께서 왜 무릎을 꿇으십니까? 일어나세요."

자리에서 일어선 화수는 하나의 가족들에게 보상금 및 위로금 지급 내역을 건네주었다.

"약소합니다만, 저희들의 성의입니다. 앞으로 하나 양이 살아가는데 있어서 부족하지 않도록 지원하겠다는 의미로 받아주십시오."

화수가 건넨 종이를 받은 가족들은 화들짝 놀라고 말았다.

위로금 및 보상금 내역: 총액 3,245,751,354원 정

"32억?!"

"사실 하나가 겪은 고통에 비하면 너무나도 미미한 금액입니다. 그래도 받아주셨으면 합니다. 그리고 이건 저희 자운화학에서 드리는 겁니다."

그가 건넨 또 한 장의 종이에는 자운화학에서 해당 가문의 자녀들에게 평생 학비를 부담해 주고 연금으로 총액 30억을 지원하겠다는 내역이 고지되어 있었다.

"어떤 말로 위로를 드려도 모자라겠습니다만, 그래도 그동안의 마음고생이 조금은 치유되기를 바랍니다."

"갑자기 이런 엄청난 금액을 지급해 주신다니, 조금 당황스럽네요. 그리고 저희들만 특별 대우를 받는 것 같아서……."

"아닙니다. 해당 기관에 끌려가 모진 고문과 실험을 당한 사람들은 비슷한 대우를 받았습니다. 다만, 하나 양의 경우엔 그 정도가 너무 심해서 지급 금액이 몇 억 정도 더 나온 것뿐입니다. 돈으로 고통의 양을 이야기할 수는 없습니다만, 그래도 저희들은 이렇게밖에 보상해 드릴 수 없습니다. 양해 부탁드립니다."

꽤 많은 돈을 지급하였지만 화수의 입장에선 마음이 편안하지 못했다.

앞으로 그녀는 평범한 삶을 살기 힘들 것이기 때문이었다.

남들처럼 제대로 남자를 만나기도 힘들 것이고 자신을 닮은 아이를 잉태하기도 힘들 것이다.

이미 유전자 구조가 변해 버렸기 때문에 인간의 정자를 가지고 수정은 힘들 것이고 이 사실을 아는 남자들이 과연 결혼에 응할지도 의문이었다.

한마디로 이제 그녀는 평범한 여자로서의 행복도 누릴 수 없게 되었다는 소리였다.

화수는 씁쓸한 마음을 뒤로 하고 가족들을 일으켜 세웠다.

“비행기를 호출하였으니 이제 곧 동네로 전술 비행기가 도착할 것입니다. 혹시 필요한 짐이 있으시다면 챙기시고 차가 필요하실 것 같으면 자가용을 싣고 가셔도 됩니다.”

“알겠습니다. 지금 바로 준비하지요.”

이미 짐은 다 챙겨둔 상태이니 들고 갈 준비물만 간단히 챙기면 된다.

하나의 모친은 딸에게 먹일 음식을 바리바리 챙기기 시작한다.

“우리 하나가 갈비찜과 잡채를 특히 좋아했어요. 이것만 좀 챙기고……”

“천천히 챙기시지요. 급할 것 없습니다.”

“그래요……”

떨리는 손으로 음식을 챙기는 모친의 얼굴에 기쁨과 설렘, 그리고 미안함이 교차한다.

아마 그 마음이 딸에게 전해진다면 충분한 교감이 이뤄질 수 있을 것이다.

* * *

그날 저녁, 식사시간에 맞춰 하나의 가족이 병원에 도착하였다.

이제는 거동이 가능한 상태가 된 하나는 엘리베이터 앞에 서서 가족들을 기다리고 있었다.

그녀를 돌보고 있던 제이나가 휠체어를 가리키며 말했다.

"좀 앉아 있어. 힘들지 않아?"

"아니요. 괜찮아요. 이제 곧 엄마, 아빠, 언니들을 볼 텐데요 뭐."

덤덤하게 웃고 있지만 저 여린 소녀의 마음속이 얼마나 타들어갈지는 제이나도 이해가 간다.

그녀 역시 소녀였던 시절이 있고 부모님에 대한 생각이 나기 때문이었다.

잠시 후, 엘리베이터의 문이 열리면서 하나의 가족들이 내렸다.

딩동!

엘리베이터가 열리면서 가장 먼저 걸어 나온 사람은 다름 아닌 모친이었다.

"하, 하나……?"

"엄마……."

"아이고, 하나야!"

"흑흑, 엄마!"

"왜 이렇게 늦게 왔어?! 학원에서 사생대회 연습한다며!"

"미안해 엄마! 나도 이렇게 늦게 올 줄은 몰랐어!"

하나의 모친은 고개를 저었다.

"아니야, 그래도 이렇게 돌아왔으니 됐다! 이제 이 엄마는 죽어도 여한이 없어!"

"죽기는 왜 죽어! 기껏 돌아왔는데!"

"흑흑, 그래! 이제는 어디 가지 말고 집에 꼭 들어와! 알겠지?!"

"응! 그럴게!"

이윽고 하나의 언니들이 달려와 그녀를 안았다.

"흑흑, 하나야!"

"언니!"

"흑흑, 이 화상아! 그러게 왜 밤늦게 돌아다니고 그래! 흑흑, 걱정했잖아!"

"흑흑, 아니야! 야밤에 납치된 것 아니거든!"

"…아무튼 이젠 밖으로 나가지 마! 더 이상 사라지는 것은 싫어!"

"흑흑, 알겠어!"

하나의 부친은 꿋꿋이 눈물을 참고 화수와 제이나에게 꾸벅 고개를 숙였다.

"감사합니다! 목숨을 걸고 제 딸을 구해주셔서 너무나 감사드립니다!"

"아닙니다. 군인으로서 마땅히 해야 할 일을 했을 뿐입니다."

"그래도 감사합니다, 감사합니다……."

연신 고개를 숙이는 하나의 부친에게서 진한 부성애를 느낄 수 있는 화수와 제이나였다.

한껏 감사를 표한 하나의 부친은 그제야 막내딸과의 상봉을 맛보았다.

"하나야……!"

"아빠!"

하나는 부친의 품에 꼭 안겨서 애교를 부렸다.

"앞으로는 하나가 잘할게! 다시는 없어지는 일 없도록 잘할게!"

"그래, 그럼 됐다. 더 이상 사라지는 일이 없도록 하자."

제이나는 가족들의 상봉 장면을 바라보다가 이내 화수의 옆구리를 쿡쿡 찔렀다.

"어이, 대장님. 우리는 이만 빠져줄까?"

"그러자고."

화수와 제이나는 말없이 슬그머니 자리를 비켜주었다.

* * *

며칠 후, 화수의 자택으로 한명희가 찾아왔다.

때마침 일이 일찍 끝나서 화수의 집에서 저녁을 준비하고 있던 성희까지 한명희를 대면하게 되었다.

한명희는 성희에게 정중히 인사하였다.

"안녕하십니까? 대통령 한명희라고 합니다. 부군께는 늘 신세를 지고 있습니다."

"아, 예… 차성희라고 해요."

화수의 약혼녀인 차성희에 대해선 한명희 역시 익히 잘 알고 있었다.

"그나저나 화면으로 보는 것보다 훨씬 미인이시군요."

"감사합니다. 각하도 화면보다 실물이 훨씬 더 잘생기셨네요."

"하하, 고맙습니다."

이윽고 한명희는 화수에게 표창장과 훈장을 건넸다.

"거창하게 수여식을 해드리고 싶습니다만, 부중대장의 얘기로는 휴식을 방해하는 것보다는 이렇게 전달하는 것이 좋을 것 같다고 말하더군요."

"표창은 제가 아니라 부대원들이 받아야 합니다. 정말 고생 많이 했습니다. 용병단도 그렇고요."

"이미 그들에겐 감사패와 표창장 등, 꽤 많은 성의 표시를 했습니다. 정부 차원에서 해드릴 수 있는 것은 다했다고 보시면 됩니다."

"그럼 다행이고요."

"아무튼 우리 국민의 생명을 구해주신 점에 대해서 심심한 감사의 말씀을 드립니다."

화수가 훈장과 표창장을 받자, 성희가 박수를 쳤다.

짝짝짝짝!

"축하해요, 화수 씨!"

"고맙습니다."

한명희는 화수에게 새로운 계급장을 건넨다.

"그리고 합참에서 강화수 준장을 일 계급 특진시켜 소장으로 진급하자는 결론을 내렸습니다. 받으십시오. 내일부터 어깨에 있는 계급장을 떼고 새로 달고 다니시기 바랍니다."

"감사합니다. 앞으로 더 열심히 일하라는 채찍으로 알아듣겠습니다."

그는 화수에게 또 다른 낭보를 전하였다.

"아 참, 그리고 검찰에서 광명그룹 부회장에 대한 수사를 시작한답니다."

"수사요?"

"당시 최강유 의원을 절벽에서 밀어버린 범인이 자수를 했거든요."

"……!"

"사건 당시의 정황이 고스란히 남아 있어 아마 혐의를 피하기는 힘들 것이라고 하더군요. 그리고 죽은 줄 알았던 최필규

회장이 살아 돌아왔답니다. 그가 검찰 조사를 받게 되면 최필규 회장이 다시 실권을 잡고 경영의 일선으로 복귀할 확률이 높습니다. 그렇게 되면 여당이든 야당이든 한쪽에서 최강유전 의원을 데리고 가기 위해 혈안이 되겠지요. 아니면 스스로 창당을 해도 되고, 우리 내각으로 들어와도 좋고요."

화수는 갑자기 범인이 자수를 해왔다는 것과 검찰이 움직였다는 것에 대하여 조금 의아함을 느꼈다.

하지만 조금만 더 생각을 해보면 의아함이 풀릴 만도 했다.

"혹시……."

"해야 할 일을 했을 뿐입니다. 그게 순리 아니겠습니까?"

한명희는 자신의 라이벌이었던 강유와의 사이를 돈독히 하기 위해 집안의 케케묵은 실타래를 풀어주기로 마음먹은 것이었다.

일이야 어찌 되었든 간에 강유에겐 좋은 일이었지만 과연 이것이 무슨 나비효과를 가지고 올지는 미지수였다.

"아무튼 간에 조만간 식사나 같이하시죠. 제가 청와대에서 자리를 한번 마련하겠습니다."

"예, 알겠습니다."

"그럼 저는 이만 돌아가 보겠습니다. 저녁 약속이 있어서요."

"살펴 가십시오."

한명희가 집을 나선 후, 한껏 기분이 좋아진 성희가 화수의 팔을 잡아 이끌었다.

"화수 씨! 진급했으니 축하를 해야죠! 뭐 받고 싶은 것 있어요?"

"당신의 사랑?"

"…그건 이미 넘치니까 다른 것을 말해봐요."

화수는 슬그머니 미소를 지었다.

"으음, 그럼 일단 좀 씻으면서 생각해 볼까나?"

"그럴래요?"

샤워실의 불을 켜고 안으로 들어가는 화수를 따라서 성희가 함께 들어갔다.

그녀는 화수의 옷을 벗겨주며 말했다.

"서방님, 오늘은 소첩이 다 알아서 하겠습니다. 그러니 가만히 계시지요."

"후후, 그럼 부탁하오, 부인."

화수는 오늘 진급 기념으로 조금 특별한 밤을 보낼 예정이다.

제8장
모임의 결성

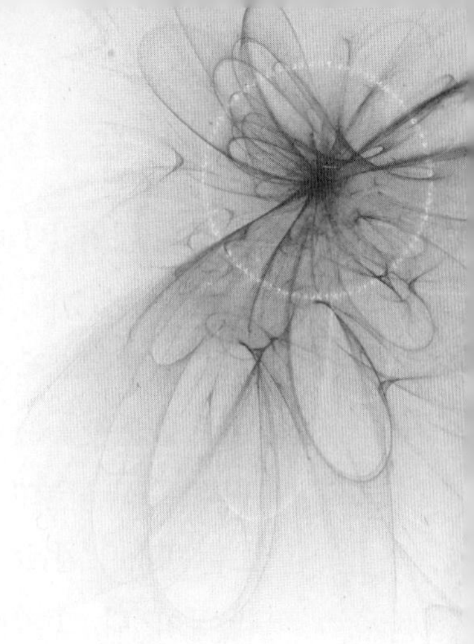

늦은 오후.

쏴아아아아……!

예정에도 없던 비가 주륵주륵 내리기 시작한다.

우산을 들고 서 있던 레이시스가 장우산을 접고 내리는 비에 얼굴을 가져다 댔다.

거리를 지나는 사람들이 고개를 갸웃거리며 레이시스를 바라보았다.

하지만 그는 아랑곳하지 않고 비를 만끽한다.

"흠, 좋군."

잠시 후, 하염없이 비를 맞고 있던 레이시스의 어깨를 두드리는 여자가 있었다.

"여기서 뭐 해요?"

"이제 왔군."

"아니, 우산을 놓고 왜 이렇게 비를 맞고 있어요?"

그는 미소를 지었다.

"날궂이? 뭐, 그 정도로 생각해 줘."

"참 나… 취향도 참 독특하시네요."

"원래 나 같은 사람이 질리지 않고 오래가는 법이지. 어때? 매력이 넘치지 않아?"

그녀는 실소를 흘렸다.

"후후, 그래요. 매력이 아주 철철 흘러넘치네요."

"고마워. 역시 당신이라면 내 매력을 알아주리라 생각했어."

천하의 용병왕 레이시스이지만 평소의 모습은 소탈하고 어딘가 어수룩하기 짝이 없다.

용병왕으로선 완벽함을 추구하지만 그 완벽함 뒤에 숨겨진 인간적인 모습은 레이시스를 충분히 매력적인 사람으로 만들어준다.

그의 매력을 꿰뚫어본 김예린은 일찌감치 호감을 갖고 접근했었지만 워낙 바람둥이처럼 보이는 그에게 쉽사리 마음을 열지 못했었다.

하지만 작전 이외의 시간들을 이따금 함께 보내면서 서서히 관계가 깊어져 가는 중이었다.

그녀는 차갑게 식어버린 레이시스의 손을 잡았다.

"가요."

"으음, 이렇게 리드하는 여자가 매력적인 법이지. 당신은 어느 하나 빠지는 구석이 없군."

"그럼 내가 리드하지 않으면 매력이 없다는 소리인가요?"

"그건 아니야. 그냥 당신이니까 매력적이라는 소리야. 어디 마음에도 없는 여자가 이렇게 손을 잡고 끌고 간다고 생각해봐. 원, 투, 어퍼컷을 연달아 꽂고 싶을 걸?"

"후후, 하여간 당신은 말로는 당할 사람이 없을 거예요?"

"말로는 당할 사람이 없어도 굳이 말을 하지 않아도 나를 당해낼 여자는 있지."

"나는 언제나 당신의 위에 선 사람인가요?"

"굳이 따지자면 공주님? 아니지, 당신은 공주님보단 여왕님이 어울려. 뭔가 떠받들어야 할 것 같은 느낌이 들거든."

그녀는 실소를 흘린다.

"평생에 이런 소리는 또 처음 들어보네. 지금까지 누군가를 보좌하면서 살아온 나에게 여왕님이라니요. 내가 사관학교에서 어떤 사람이었는지 알아요?"

"몰라. 과거는 중요치 않아. 그냥 당신이 내 앞에 있다는 것이 중요한 것이지. 당신이 과거에 무슨 짓을 했어도 난 상관없어."

겉으로 보나 속으로 보나 그녀에게 단단히 미쳐 있는 레이시스에겐 지금 무슨 소리를 해도 먹히지 않을 것이다.

조금 과도한 면이 없지 않은 레이시스이지만 그런 그의 행동마저도 그녀의 마음을 쥐고 흔들고 있었다.

"당신이 지금 내뱉는 말이 다 진심이라고 어떻게 믿어요?"

"그거야 당신 자유지."

"참, 어떤 면에선 말이 참 짧아요. 그렇지만 행동 하나하나는 참 마음에 든단 말이지."

"그럼 됐군. 뭐가 문제지?"

"당신의 모습이 거짓이면 어떻게 해요?"

"내가 그렇게 보여?"

"그건 아니지만……."

"그럼 됐어."

완벽하게 자기 주도하에 그녀를 끌고 가고 있지만 그 틀 안에선 철저히 그녀를 배려하는 레이시스는 도저히 미워할 수가 없는 사람이다.

"처음엔 당신이 나에게 슬슬 미쳐간다고 생각했어요. 그런데 이제 보니 그건 아닌 것 같아요."

"뭐? 내가 당신에게 안 미쳤으면 누가 미쳤는데?"

"나요. 나도 이제 슬슬 미쳐가는 것 같아요. 이런 공수표나 날리는 남자가 좋다니. 이것 참……."

그는 마치 소년과 같은 미소를 지었다.

"공수표고 뭐고 좋다니 나도 좋아."

"후후, 그래요. 좋아요."

레이시스는 그녀의 손을 잡아 이끌었다.

"가자. 둘만의 공간으로 가자고."

"둘만의 공간? 어디요?"

"그런 곳이 있어."

그는 미리 준비해 둔 차에 그녀를 태우고 경기도 외곽의 한적한 시골로 향했다.

* * *

경기도 평택의 외곽 지역은 현재 한창 재건 작업이 진행 중에 있지만 그렇지 않은 곳도 있다.

몬스터가 한차례 휩쓸고 지나간 자리에 남은 것이라곤 폐허들뿐이고 사람들의 걸음은 끊어진 지 오래인 마을이 허다했다.

한때는 펜션이나 게스트 하우스, 전원주택마을 등으로 높은 인기를 구가하였던 특성화 마을들 역시 폐허가 되어버렸다.

정부에서 몬스터들을 몰아내고 위험지역에서 다시 안전지대로 바꾸어 놓았지만 한 번 떠났던 사람들은 어지간해선 돌아올 생각을 하지 않았다.

그 때문에 이곳은 땅을 산다는 사람을 찾아보기가 하늘에 별 따기처럼 힘든 지역이 되었다.

레이시스는 그런 전원주택 마을과 펜션 단지를 대거 사들여 스스로의 영토를 만들었다.

그는 무너져가는 마을을 사들여 예전 모습을 최대한 살리는 선에서 재건 작업을 펼쳐나갔다.

지금까지 대략 5년쯤 재건 작업을 해온 레이시스는 이제 150채의 전원주택과 20개의 펜션 단지를 소유한 땅 부자가 되었다.

물론, 이곳으로 입주할 사람이 한 명도 없다는 것이 문제였다.

예린은 그가 이뤄놓은 영토를 바라보며 감탄사를 절로 내뱉었다.

"우와… 이게 다 뭐야?"

"후후, 어때? 마음에 들어?"

그의 영토 안에는 벚꽃과 개나리, 철쭉, 진달래 등, 형형색색의 꽃들이 운집해 있고 그 주변으로 레일바이크를 깔아 대략 20분간의 관람이 가능하게 만들었다.

이 넓은 초목에 각종 짐승들을 풀어놓은 레이시스는 사비로 사들인 동물들이 울타리를 빠져나가든 말든 신경 쓰지 않고 키웠다.

그 결과, 이곳은 이제 또 다른 생태계를 구축하게 되었다.

레이시스는 리 소재지 세 개를 통합하여 자신의 영토로 개발하였는데, 그 둘레에 모두 레일을 깔아서 소형 기차와 레일바이크가 지나다닐 수 있도록 하였다.

소형기차는 레이시스가 쉬는 날마다 공사를 하는데 사용하기도 하고 식량을 나르거나 동식물을 관리하는 용도로 사용하기도 한다.

마을 회관이자 레이시스의 집인 기차 중앙역에는 두 대의 레일바이크와 세 대의 소형기차가 대기 중이다.

레이시스는 자신이 5년 째 살고 있는 집을 소개하였다.

"좀 누추하지만 들어와."

"그럼 실례할게요."

그의 손을 잡고 들어선 레이시스의 집은 마치 간이역을 보는 듯, 아주 정겹고도 익숙한 모습이었다.

"옛날 생각이 나네요. 엄마 손을 잡고 다녔던 간이역 같아요."

"맞아. 간이역이야. 이곳은 원래 간이역으로 사용되었던 곳이거든."

"정말요?"

"정부에서 노선을 폐쇄하는 바람에 사람들의 기억 속에서 잊혀졌지만 한때는 이곳으로 광물과 곡물이 있었다고. 평택의 항만으로 가려면 이곳의 간이역을 꼭 지나쳐야 했거든."

"오호, 그런 사연이?"

"70년대에만 해도 이곳은 꽤 부유한 마을이었지만 90년대와 2000년대를 지나면서 점점 쇠퇴하기 시작했어. 그런 이후엔 몬스터가 창궐해서 군사용도로 사용하다가 마침내는 역을 폐쇄해 버렸지."

"몬스터 창궐 이후에 군사용도로 사용했다면 대장님도 알고 계시겠군요."

"당연하지. 그와 내가 처음으로 만난 곳이 바로 이 마을이니까."

"아아, 그렇군요."

그는 예전의 화수의 모습을 상기시켜 냈다.

"그때의 스페셜리스트는 뭐랄까, 한이 맺힌 사람 같았어. 마치 끝도 없이 피를 갈구하는 뱀파이어를 보는 것 같았다고나 할까? 아무튼 보통의 사람들과는 많이 달랐어. 아니, 어쩌면 종이 다르다는 느낌이 들었다고 볼 수도 있겠군."

"으음, 확실히 대장님이 인간의 경지를 초월하긴 했지요."

"지금의 그는 힘이 강해졌고 그것을 다스릴 수 있는 이성의 뿌리가 깊어졌지만 그때는 달랐어. 그 이성을 제어할 수 있는 힘이 없었다고."

레이시스는 씁쓸한 미소를 지었다.

"그런데 말이야, 나는 그때의 비정상적인 그가 더 매력적이라고 생각해. 길들여지지 않은 야생 늑대처럼 매일이 투쟁의 연속이었던 그때는 같은 남자가 보기에도 충분히 매력이 넘쳤었지."

"그럼 지금은요?"

"지금은 지금대로 매력이 있긴 하지만 그때보단 많이 떨어져 있다고 할까? 지금은 그저 강력한 힘을 가진 사람으로 밖에 보이지 않아. 그때처럼 정제되지 않은 표독스러움이 없어서 그런 것 같아."

"후후, 당신은 대장님을 약간은 흠모했었던 모양이군요."

그는 굳이 예린의 얘기를 부정하지 않았다.

"이 세상의 그 어떤 남자가 그렇게 강력하고 대단한 남자를 흠모하지 않을 수 있겠어? 나 역시 몬스터를 사냥하면서 생을 꾸리는 사람으로서 어느 정도 정점에 섰다고 자부해. 하지만 그가 세워온 공적에 비하면 아무것도 아니야."

"그래요, 둘 사이에 그런 비밀이 숨어 있었군요."

"정확히 말하자면 나 혼자만의 비밀이라고 할 수 있지. 아마 그는 이런 내막을 모르고 있을지도."

"그런가요?"

레이시스는 이제 화수에 대한 얘기를 집어치우기로 했다.

"이렇게 예쁜 공간에 이렇게 아름다운 미녀를 모셔다놓고 칙칙한 아저씨 얘기만 할 수는 없지."

"그럼 이젠 뭘 할 건데요?"

"구경."

"무슨 구경이요?"

"내가 평소에 어떻게 먹고사는지 말이야."

"으음, 구미가 당기기는 하네요."

"때마침 점심시간이 다 되어가니 먹고사는 모습을 보여줄게. 같이 가자고."

그는 레일바이크를 끌고 나와 선로 위에 올려놓곤 그 위에 낚시 도구와 미끼 등을 챙겼다.

"그럼 출발해 볼까?"

"무슨 동화에 나오는 요정 같아요. 그냥 이렇게 낚시를 해서 점심을 먹는다고요?"

"동화처럼 살면 그게 동화 같은 인생이지 뭐."

예린은 이런 레이시스의 삶이 나쁘지 않다고 생각했다.

"좋네요. 이런 자유로움 말이에요."

"짧은 인생인데 굳이 어딘가에 속박되어 살면 억울하잖아? 난 그래서 내가 하고 싶은 것을 다 하면서 살아."

"그래요. 그런 것 같아요."

레이시스가 매력적인 것은 자신이 하고 싶은 대로 살아가지만 스스로가 지켜야 할 선과 책임은 반드시 지고 살아간다는 것이다.

그녀는 레이시스의 손을 잡고 강으로 향했다.

*　　　*　　　*

마을의 주변으론 꽤 큰 기암절벽이 위치해 있는데 그 아래로 수심 25미터 이상의 큰 강이 흐르고 있다.

레이시스는 레일바이크를 세워놓고 강에 배를 띄워 선상 낚시를 준비하였다.

휘릭!

민물용 릴낚싯대에 루어미끼를 끼워놓고 풀었다 감기를 반복하는 레이시스의 얼굴에 즐거움이 가득하다.

"오늘은 비가 와서 물고기들이 위로 올라왔을 거야. 때마침 귀한 손님이 오셨으니 좋은 물고기가 잡혔으면 좋겠군."

"귀한 손님이니 내가 고기를 잡았으면 좋겠네요. 손님이 손맛을 보는 것도 나름대로의 대접 아니겠어요?"

"역시, 뭘 좀 아는군."

무슨 손님에게 낚시를 시키냐고 생각할 수도 있겠지만 김에

린은 그와 함께하는 모든 것이 즐거웠다.

부르르르……!

“어, 어어!”

“걸렸다! 이야, 진짜 오자마자 낚는군?”

그는 김예린의 뒤로 다가와 함께 릴을 잡아주었다.

“감아! 자자, 바짝 힘을 주고 감는 거야! 릴을 최대한 당긴 후, 대를 위로 쭈욱 당겨서 물고기를 끌어 올리면서 말이야.”

트르르르륵!

끼리리릭!

레이시스가 시키는 대로 릴을 마구 당기다가 대를 위로 올려 물고기를 당기기를 2분여, 드디어 물고기가 수면 위로 살며시 모습을 보였다.

촤라라라락!

“우, 우와! 물고기가 너무 큰 것 아니에요?!”

“무늬를 보니 쏘가리 같은데, 이렇게까지 크기가 쉽지 않아요.”

“그런가요?!”

“아무튼 대물입니다! 이런 물건은 보기가 쉽지 않아요!”

한동안 인간의 손이 닿지 않은 이곳의 자연 생태계는 이미 회복되어 스스로를 살찌우고 있었다.

그렇게 때문에 외래종에게 밀려 사라져 가고 있었던 쏘가리나 동자개 같은 물고기들이 다시 득세하여 산천을 가득 채우고 있었다.

하지만 아무리 그렇다곤 해도 이렇게 거대한 쏘가리를 보는 것은 레이시스도 처음이었다.

낚싯대가 거의 부러질 정도로 엄청난 입씨름을 해대던 쏘가리를 레이시스가 뜰채로 건져 올렸다.

파드드드득!

“오, 오오! 이게 도대체 무슨 일이야?! 무슨 쏘가리가 이렇게 크지?!”

“괴, 괴물 아니에요? 신종 몬스터인가?”

“하하! 몬스터는 아니야. 쏘가리 맞아. 50㎝가 넘는 대물이 걸린다고 하더니, 이건 그보다 훨씬 더 큰데?”

한번 움직일 때마다 잔잔하던 강물이 요동칠 정도로 거대한 쏘가리는 레이시스의 팔뚝보다 굵었다.

그는 낚싯배에 있던 줄자로 쏘가리의 크기를 재어보았다.

“80㎝…! 진짜 괴물이라는 소리가 절로 나오는군!”

“이 정도면 특출 나게 큰 건가요?”

“큰 정도가 아니라 동네잔치를 해도 될 정도야. 이런 물고기 몇 마리만 더 있어도 야차 중대가 회식을 하겠군그래.”

“어머나, 정말요?!”

“이대로 페이스를 조금 더 올려서 친구들을 초대해 볼까?”

"좋지요!"

레이시스는 물고기를 어항에 집어넣고 다시 낚시를 시작하였다.

* * *

정오가 막 지난 시각, 레이시스와 예린의 부름을 받고 온 야차 중대는 때 아닌 선상 낚시판을 벌이고 있다.

낚싯대를 드리워 온 일행들이 여기저기서 물고기를 낚아 올렸다.

좌라라락!

"메기다! 이야, 이 정도면 거의 용가리 수준인데?!"

"이봐, 레이시스. 혹시 이곳에 방사능이 피폭된 것은 아니겠지?"

"그런 말도 안 되는 소리가 어디 있나? 낚시가 싫으면 다시 돌아가든지."

"하하! 너무 어처구니가 없어서 말하는 것 아닌가? 도대체 이런 황금어장을 어떻게 찾아냈대?"

"찾아낸 것이 아니라 자연스럽게 생긴 거야. 한국의 토종 물고기 알을 잡아먹던 외래종들이 사라지고 생태계의 균형을 되찾은 거지."

"듣던 중 반가운 소리군."

화수는 자신이 그저 몬스터 토벌의 거점으로 사용하고 버렸던 곳을 레이시스가 이렇게 재건한 것에 대해 감동을 느꼈다.

"자네 참 대단하군. 이 정도면 표창장에 감사패까지 받아도 모자라겠어. 자네, 혹시 정치해 볼 생각 없나?"

"정치는 무슨. 그리고 난 프랑스 사람이야. 정치를 해도 고국으로 돌아가서 해야지. 안 그래?"

"듣고 보니 그건 그렇군."

야차 중대는 이곳에서 끓여먹기 좋은 크기의 물고기만 내버려 두고 너무 작거나 산란 중인 물고기는 놓아주기로 했다.

암컷은 놓아주고 수컷만 따로 보관하여 네 시간쯤 낚시를 하고 있을 쯤, 저 멀리서 성희와 지수 자매가 차를 타고 달려왔다.

"화수 씨! 돼지고기 사 왔어요!"

"오오, 돼지고기!"

"자, 이제부턴 술판을 좀 벌여볼까? 레이시스, 갓 잡은 쏘가리는 회를 떠도 괜찮지 않나?"

"그렇긴 한데 70㎝가 넘는 것들은 기생충 때문에 먹기가 힘들 거야. 차라리 구이와 매운탕을 끓이자고."

"그럼 기생충만 골라내면 회를 쳐 먹어도 된다는 소리군?"

"할 수만 있다면 좋지. 이런 실한 놈들의 회는 쫄깃쫄깃해서 먹기도 좋을 거야."

"으음, 알겠어."

화수는 크기 71㎝의 쏘가리의 몸에 손을 가져다 대어 기생충의 유무를 판단하였다.

스스스스스……!

그렇지만 인간의 몸에 치명적인 작용을 하는 기생충은 발견되지 않았고 잘못하면 배탈을 일으킬 인자들만 간혹 발견되었다.

그는 내가진기를 출수하여 생명체 안에 기생하는 또 다른 생명체를 골라냈다.

슈가가가가각!

그의 손끝에서 걸러진 기생충이 한 뭉텅이로 뭉쳐져 구석에서 서서히 죽어갔다.

"어때? 이 정도면 되겠어?"

"참, 자네의 능력은 여러모로 쓸모가 많아. 이럴 때엔 정말이지 나도 그런 능력을 갖고 싶어진단 말이지."

"후후, 언젠가는 가르쳐 줄게."

레이시스는 아주 흡족한 미소를 지었다.

"좋아, 좋아! 그럼 오늘은 회를 좀 떠볼까? 오늘은 대물 쏘가리 회다!"

"오오, 쏘가리 회 좋지!"

유난히도 검을 잘 쓰는 레이시스이기에 회를 뜨는데도 천부적인 재능을 가지고 있었다.

레이시스가 잘 갈린 검으로 쏘가리를 회 치는 동안 화수는 메기와 동자개 등을 손질하여 매운탕을 준비하였다.

그 밖에 다른 동료들은 돼지고기를 구워먹을 석쇠와 식탁, 술상 등을 준비하느라 분주했다.

화수는 이 모든 모습을 바라보며 흐뭇하게 웃었다.

"좋군. 이런 평화만 계속되었으면 좋겠어."

"그러라고 우리 같은 사람들이 움직이는 것 아니겠나?"

일행들이 한창 일하고 있는 와중에 저 멀리서 스포츠카를 탄 최지하가 달려오고 있다.

부아아아앙!

그녀는 요란한 경적을 울리며 달려왔다.

"술이다! 오늘 아주 다 죽어보자!"

"오오, 술이 왔다!"

"얼씨구나, 불을 피워라!"

오늘은 너, 나 할 것 없이 거나하게 술에 취해볼 요량이다.

*　　　*　　　*

늦은 밤, 야차 중대가 쉬지 않고 술잔을 넘기고 있다.

꿀꺽, 꿀꺽!

"크흐, 한 잔 더 하자고!"

"좋아! 잔 돌려!"

좋은 안주에 좋은 사람들, 거기에 이렇게 수려한 경관까지 놓고 있으니 저절로 술이 넘어갈 수밖에 없었다.

예린은 동료들과 어울려 술판을 벌이고 있는 레이시스의 옆구리를 쿡쿡 찔렀다.

"더워요. 산책이나 할래요?"

"사, 산책?! 좋지!"

그녀를 따라서 일어서는 레이시스에게 동료들의 농도 짙은 농담이 쏟아져 내린다.

"이 늦은 시간이 남녀 둘이서 뭘 어쩌려고? 이 마을에는 집도 많던데?"

"레이시스, 대물 물고기 먹고 힘이 너무 넘치면 큰일 나. 조절 잘하라고."

"하하하!"

레이시스는 그저 짧은 실소로 화답하였다.

"훗, 이번 전투는 내가 알아서 한다. 다들 각개전투로 즐거운 시간 보낼 수 있도록."

"예, 단장님!"

그는 먼발치에서 먼저 기다리고 있던 그녀에게 달려갔다.

그러자, 그녀가 자연스럽게 레이시스의 품에 안겼다.

"으음, 좋다."

"…황홀하군. 이런 것을 두고 황홀경이라고 하는 모양이지?"

"진짜 황홀경은 아직 시작도 안 했어요. 벌써부터 그렇게 바짝 긴장하면 못 써요."

"아무래도 내가 당신을 너무 좋아하는 모양이군. 마인드 컨트롤을 해야겠어."

"호호, 그럴 필요는 없고요."

그녀는 레이시스의 품에 안긴 채 밤의 강변을 걸었다.

휘이이잉……!

아주 달콤하고 향긋한 강의 채취가 그녀의 코를 간질였다.

예린은 그에게 감사의 인사를 건넸다.

"고마워요."

"뭐가?"

"이런 황금 같은 곳을 나에게 선사해 줘서."

그는 고개를 저었다.

"언젠가는 예린에게 이런 광경을 보여주고 싶었어. 아니, 어쩌면 당신과 저 좋은 사람들에게 보여주고 싶어서 지금까지 가꾸고 있었는지도 모르지."

그녀는 손가락으로 저 멀리 보이는 아담하고 예쁜 2층 집을 가리켰다.

"저곳의 안은 어때요?"

"푹신한 침대와 욕조가 있지."

"그럼 저곳에서 잘까요?"

"그, 그럴까?"

겉보기엔 바람둥이처럼 실없어 보이는 레이시스이지만 막상 중요한 순간이 되니 꽤 긴장이 되는 모양이었다.

"험험, 은근히 떨리는데?"

"일부러 그러는 거예요?"

"…그럴 리가. 나도 의연하고 싶다고."

"후후, 괜찮아요. 충분히 귀여우니까."

"귀여워?! 이런 짐승이 귀엽다니! 내가 오늘 본때를 보여주지!"

그는 예린을 번쩍 안아 들었다.

"어멋!"

"후우, 아주 후끈 달아오르는군!"

"…그럼 갈까요?"

"응!"

오늘따라 유난히도 전투적인 레이시스와 예린이다.

*　*　*

늦은 밤, 화수 일행이 파티를 벌이고 있는 마을로 차량 한 대가 달려온다.

부아아앙……!

멀리서 그 광경을 지켜보던 일행들이 고개를 갸웃거린다.

“어라? 또 누가 오기로 했나?”

“몰라.”

김태하 소령이 화수를 바라보며 물었다.

“대장, 누가 온다고 했습니까?”

“아니, 그런 적 없는데?”

“뭐야? 길을 잘못 들었나?”

그는 곧장 자신의 차량 트렁크를 열었다.

철컹!

대형 SUV의 트렁크에는 각종 저격총이 잔뜩 들어 있었다.

그는 스마트 조준경이 달린 소총을 꺼내어 마을 어귀를 통해 들어오는 차량을 조준하였다.

김태하는 스코프를 자세히 들여다보다가 이내 고개를 약간 갸웃거렸다.

“어라…? 차량에 유엔 깃발이 달려 있는데요?”

“유엔?”

"유엔에서 여기까진 어떻게 온 거지? 초대한 적도 없는데 말이야."

"제 말이 그말입니다."

잠시 후, 그들의 의문을 풀어줄 사람이 도착하였다.

최고급 세단을 타고 등장한 유엔의 인물은 놀랍게도 유엔의 사무차관이었다.

그는 화수 일행을 바라보자마자 반갑에 인사를 건넸다.

"여기에 계셨군요. 모두 만나서 반갑습니다. 유엔 사무차관 루카스 보카트입니다."

"오랜만이군요."

화수는 유엔의 사무차관 루카스 보카트와 인연이 있다.

처음 영국에 몬스터가 창궐하여 북부 지역이 점령당했을 당시에 화수가 야차 중대와 함께 몬스터를 몰아낸 적이 있기 때문이다.

오늘은 제이나가 자리에 없지만 루카스는 제이나를 짝사랑한다고 무한한 애정 공세를 퍼붓기도 했었다.

물론 제이나는 그에 대한 마음을 완강하게 거부했었기 때문에 사랑은 이뤄지지 않았다.

루카스는 화수에게 독대를 청하였다.

"이곳의 대장님과 얘기를 좀 나눌 수 있을까요?"

"저 말입니까?"

"그렇습니다. 그리 길지 않습니다. 잠깐이면 됩니다."

"그러시죠."

화수는 한적한 곳으로 장소를 옮기기로 했다.

* * *

루카스가 화수에게 가지고 온 소식은 아주 뜻밖의 것이었다.

"광명그룹의 수사에 우리 유엔이 참여할 겁니다."

"유엔이요?"

"대통령이 강력하게 추진하긴 하셨습니다만, 그 배후를 캐내는 일에 우리가 일조할 것이거든요."

"배후라."

"아시는지 모르겠습니다만 제네시스 스쿼드의 끄나풀이 광명그룹의 부회장입니다. 그가 최강유 전 의원을 죽이려 작정한 것도 제네시스 스쿼드 때문이었지요. 제네시스 스쿼드는 광명그룹을 통하여 한국계 자본을 흡수하고 자신들의 자금줄로 이용하려고 계획했습니다. 그 계획이 거의 다 이뤄져 갈 때쯤에 최강유 전 의원이 살아 돌아온 것이지요."

"으음."

"물론, 조금 더 빨리 사건을 처리했으면 좋았을 겁니다. 피해를 입을 사람도 없고 다칠 사람도 없으니 말입니다. 하지만 우리가 이 사태를 인지한 것이 얼마 안 됩니다."

루카스는 화수에게 조사가 시작되면 벌어질 일에 대해 얘기하였다.

"우리가 광명그룹의 부회장을 털면 저들이 아마 가만히 있지 않을 겁니다. 무슨 짓을 벌여서라도 광명그룹을 통째로 집어 삼키려 하겠지요."

"무력시위가 벌어질 수도 있다는 뜻이군요."

"예, 그렇습니다. 그래서 최강유 전 의원의 가족들을 전부 세이프하우스로 피신시키고 신변을 확보해 둔 상태입니다. 또한 광명그룹의 이사진들 중에서 회장파 이사진들은 전부 경호병력을 붙여두었습니다. 물론, 그것만으로는 턱도 없다는 것을 알고 있습니다만, 우리가 할 수 있는 최선을 다했습니다."

화수는 루카스가 무슨 부탁을 하려는 것인지 대충 감이 왔다.

"사무차관님께서 찾아오신 목적을 알겠습니다. 그들의 경호와 배후 파악을 도와달라는 말씀이시군요."

"바로 그겁니다. 제가 하려던 말을 아주 정확하게 해주시네요."

그는 흔쾌히 고개를 끄덕였다.

"좋습니다. 하겠습니다."

"스케줄이 괜찮으시겠어요?"

"스케줄이고 뭐고 제네시스 스쿼드에게 자금줄을 쥐어주는 것은 있어선 안 될 일입니다. 안 그래도 덩치가 거대해진 괴물에게 날개를 달아주게 되면 사태는 걷잡을 수 없어질 테지요."

루카스는 화수에게 보호 대상에 대한 신상 정보를 넘겨주었다.

"인원은 총 10명입니다. 이들은 반드시 피격을 당할 겁니다. 그러니 전문가들께서 담당을 해주십시오."

"잘 알겠습니다."

정보를 얻은 화수는 강제에 대해서 물었다.

"그나저나 최강제 중령은 지금 어디에 있습니까? 조사를 떠난 것은 알고 있습니다만."

"연해주에 있습니다."

"연해주요?"

"그곳으로 제네시스 스쿼드의 수뇌부인 신세훈이 파티를 벌인다는 정보가 있어서 경찰과 함께 체포 작전에 나간 것으로 알고 있습니다."

"신세훈이라."

"전갈파의 두목입니다만, 돈이 되는 일이라면 국적을 불문하고 손을 댔습니다. 지금은 동북아시아에서 가장 큰 조직으로 성장했지요. 심지어 흑사회와 야쿠자까지 흡수하였습니다. 규모로 친다면 중소기업 그 이상이 되었을 겁니다."

"으음. 아이자와 회와 비슷한 경우군요."

"그래요. 아이자와 회와 비슷하지요. 하지만 그보다 훨씬 더 조직적이고 치밀합니다. 이들이 어째서 아직까지 중소기업의 수준에 머물고 있는가 하면, 워낙 많은 점조직들을 이끌고 있어서 그 수치를 융합하여 합산하기가 힘든 것뿐입니다. 실제 조직의 크기를 가늠하자면 아마 어지간한 일류 대기업과 비슷할 것으로 추산됩니다."

"그런 조직의 두목을 체포하는 일이 결코 쉽지는 않을 것 같은데요?"

"물론이지요. 쉽지는 않을 겁니다. 하지만 반드시 해야 할 일이기에 물러서지 않는 것이지요."

화수는 강제 역시 사활을 걸었음을 어렴풋이 알 수 있었다.

"아무튼 최강제 중령은 이번 사건을 해결함으로써 북유럽 원전사고의 배후 인물인 신세훈을 붙잡고 사건의 경위를 다시 조사할 예정이랍니다. 그러니 우리도 그에게 힘을 실어주기 위한 일을 해야겠지요."

"그 작전이 이와 같은 것이고요?"

"그렇다고 볼 수 있지요."

이제 루카스는 말을 맺고 다시 돌아가기로 했다.

"아무튼 이틀 후에 다시 뵙도록 합시다. 그때 자세한 얘기를 더 하기로 하시죠."

"그러시죠."

그만 화수는 동료들에게 다시 돌아갔다.

*　　　*　　　*

블라디보스토크 외곽에 위치한 화이트데나 호텔에서 왁자지껄한 클럽 파티가 열리는 중이다.

쿵쾅, 쿵쾅!

무려 5천 평 규모의 지하에서 벌어지는 클럽 파티에는 수백 명의 사람들이 몰려들어 화끈한 밤을 즐기고 있었다.

최지동은 멀리서 파티를 지켜보는 중이었다.

"사람이 너무 많아. 이래서 무슨 체포 작전을 펼치겠어?"

"원래 사람이 많이 온다는 것을 알고 계셨던 것 아니었습니까?"

"그렇긴 한데 우리가 예상했던 것보다 족히 세 배는 많은 사람들이 몰렸어. 무슨 사람들이 이렇게 많이 온 것이지?"

"놈의 인맥이 워낙 넓기 때문 아니겠습니까?"

"그렇다고 볼 수도 있겠지만 다른 경우의수를 배제할 수가 없어."

"어떤 경우의수 말입니까?"

"행여나 우리의 정보가 저쪽으로 흘러가는 바람에 방어 차원에서 인원들을 끌어모았을 수도 있잖나?"

"이를 테면 인간 방패, 뭐 그런 것 말입니까?"

"저렇게 사람이 많으면 체포하는 과정에서 제대로 일의 진전이 이뤄지지 않을 수도 있잖나? 아마 저놈들이 노림수를 두었다면 그쪽에 더 힘이 실리겠지."

"흠."

"아무튼 간에 이번 작전이 쉽지는 않겠어. 저놈들이 어떻게 저항을 하든 간에 말이야."

강제는 어떻게 해서든 이번 작전을 성공시켜 배후를 캐내야겠다는 생각을 가지고 있었다.

그는 자신이 직접 클럽에 잠입하기로 한다.

"경무관님, 저번에 러시아 요원들을 만났을 때 받았던 신분증을 가지고 계시지요?"

"신분증?"

"작전에 사용하라고 주었던 것 말입니다."

"아아, 이거?"

최지동이 건넨 신분증은 재러교포 3세의 것이었다.

주로 신분 세탁을 할 때 많이 사용한다는 한국계 러시아인의 신분증은 정보부 요원들이 선물로 준 것이다.

작전에 들어가기 전에 혹시나 모를 상황에 대비하라는 뜻에서 준 것이니 최지동도 딱히 사용할 곳이 있겠나 싶었다.

하지만 이것을 가지고 잠입을 하겠다니, 최지동은 그를 만류하였다.

"자네의 열정은 대단하지만 나는 말리고 싶다네."

"지금으로선 어차피 체포가 힘들다고 하지 않으셨습니까? 차라리 제가 잠입해서 목표물에게 조금 더 가까이 접근하는 편이 좋지 않을까요?"

"그건 자네 생각이지. 이번 작전이 아무리 중요해도 사람이 다치는 일이 생겨선 안 된다고. 러시아 마피아들이 얼마나 거친지 자네가 잘 모르는 모양인데……."

"저도 거칩니다. 그놈들과 거친 것으로 비교하자면 우위를 가릴 수 없지요."

"아아, 그래. 자네가 거친 사람인 것은 익히 알고 있네만 그래도 저렇게 적이 우글거리는 곳에 홀로 들어가는 것은 자살행위야. 더군다나 자네가 저놈들에게 사로잡히게 되면 우리는 이러지도 저러지도 못 하는 상황에 처하게 되는 거라고. 신중하게 판단해."

강제는 끝까지 자신의 의지를 관철시켰다.

"들어가겠습니다."

"…사람 말을 참 안 듣는 청년이로군."

"어려서부터 그런 소리를 많이 들었습니다. 이제는 익숙하지요."

최지동은 하는 수 없이 그에게 신분증을 건넸다.

"받게."

"감사합니다."

"하지만 명심할 것이 하나 있어. 그 어떤 일이 있더라도 자신의 목숨이 제일 우선이네. 그 어떤 일이 있더라도, 혹시 양심을 버려야 할 일이 있더라도 목숨은 부지하게. 알겠나?"

"예, 알겠습니다."

"약속한 것일세. 잊지 마시게."

"물론입니다."

"됐어. 그런 각오라면 내려가도 괜찮아."

강제는 신분증을 받은 후, 정장을 벗고 미리 준비했었던 청바지에 나시티, 청난방을 꺼내 입었다.

옷을 벗는 그의 등과 팔에는 의미를 알 수 없는 문신들이 새겨져 있었는데, 그 상형문자와 그림들이 최지동에겐 매우 흥미롭게 느껴졌다.

"그런데 그 문신들은 다 뭐야?"

"고대 히브리어입니다. 그림은 성당에 그려진 것들을 재해석하여 새겨 넣은 것이고요."

"뜻이 궁금하군."

"후후, 비밀입니다. 나중에 살아 돌아오면 말씀드리겠습니다."

"그래. 반드시 몸을 사리겠노라 다짐했으니 그때 듣도록 하지."

강제는 잠입 작전을 미리 준비한 것은 아니지만 그래도 캐주얼한 복장이 한 벌쯤은 필요하다고 생각했었다.

설마하니 이럴 때 옷을 쓸 줄은 몰랐지만 그래도 나름대로 선견지명이 있다는 생각이 들어 뿌듯하였다.

헤어왁스까지 발라 멋을 부린 강제는 조금 건들거리는 걸음으로 산비탈을 내려갔다.

쿵쿵, 쾅쾅……!

심장을 강하게 울리는 비트에 살며시 몸을 맡긴 강제가 클럽의 입장권 구매를 요청하였다.

"좀 들어갑시다."

"VIP가 아니면 저기서 기다려요."

건장한 체격의 클럽 관리자는 길게 늘어선 클럽의 줄을 가리켰다.

줄의 길이가 대략 100명은 되는 것 같은데 저 줄을 다 기다리고 있다간 밤을 샐 것 같았다.

강제는 아예 대놓고 자신의 신분을 이용하기로 했다.

"아아, 이것 참. 나도 한국에선 좀 있는 집 자식인데 너무하는군."

"있는 집 자식?"

"이런 집 말이야."

그는 스마트폰으로 광명그룹 홈페이지에 로그인하여 자신의 신분을 증명하였다.

최강제 이사님, 반갑습니다.

순간, 클럽 관리자가 화들짝 놀라며 웃었다.

"아, 아하하! 이런, 내가 사람을 못 알아봤군! 이제보니 광명그룹의 아드님이셨군그래."

"블라디보스토크로 출장을 왔다가 몸이 근질거려서 와봤더니 이거야 원 말짱 꽝인데?"

"하하, 그런 섭섭한 소리를? 만약 오해가 있었다면 풀어야지 이렇게 묵혀두면 병이 된다고."

그는 강제에게 VIP룸 스마트키를 건네며 말했다.

"내가 아주 죽이는 여자들을 넣어줄 테니 화 풀라고. 모델과가 좋나? 아님 스트리퍼?"

"둘 다."

"후후, 무슨 소리인지 대충 알아들었어. 조금만 기다리라고."

"알겠어."

강제가 프리패스를 받아 안으로 들어가 보니 그야말로 밤의 신세계가 펼쳐져 있었다.

쿵, 쿵, 쿵……!

엄청난 중압감이 느껴지는 비트에 광대한 스테이지, 그리고 그 위에서 벗은 채로 춤을 추는 스트리퍼들. 거기에 천장에서는 가끔씩 보드카를 뿌려대 완전 난장판을 연출하고 있었다.

만약 하루쯤 망가지고 싶은 날이 있다면 누구든 이곳을 찾고 싶을 것 같다는 생각이 들 정도였다.

"수완이 좋은 건가? 아니면 파티를 많이 해봐서 이렇게 해야 사람이 몰린다는 것을 경험으로 터득한 건가?"

자세한 것은 알 수 없으나 번지수를 제대로 찾은 것만은 확실했다.

클럽의 중간중간에서 돈을 받고 봉지에 든 마약을 파는 사람들이 대놓고 지나다니고 있었기 때문이다.

만약 이곳이 마피아가 운영하는 곳이 아니고 그들이 마약을 취급하는 사람들이 아니었다면 꿈도 꾸지 못할 풍경이었다.

강제는 일단 VIP룸으로 들어가 술부터 주문하기로 했다.

VIP룸은 클럽의 가장 높은 층에 위치해 있어서 멀리서도 춤판, 술판을 구경할 수 있었다.

삐빅!

스마트키로 문을 열자, 그 안에는 최고급 보드카와 간단한 안주거리가 차려져 있었다.

강제가 방으로 들어가려던 찰나에 그의 등 뒤로 온몸을 문신으로 도배한 청년들이 우르르 몰려 지나갔다.

그중에서도 가장 맨 앞줄에 선 남자는 손끝부터 발끝까지 온 부위를 금으로 치장하고 있었다.

강제는 그를 보자마자 감이 왔다.

'저놈이구나.'

러시아 마피아들에게 있어서 문신이란 자신의 일대기와 같은 것인데, 이들의 팔뚝에 보이는 문신들은 조직의 리더를 상징하는 것들이었다.

마피아 보스의 우두머리처럼 행동하는 사람이라면 신세훈이 틀림없었다.

강제는 슬그머니 방 안으로 들어가 무전기를 사용하였다.

"경무관님, 들리십니까?"

―그래, 잘 들리네. 어때? 성과가 좀 있나?

"들어오자마자 왕건이를 건졌습니다."

―설마 신세훈을 만난 건가?

"제가 광명그룹 이사의 직함을 팔아서 VIP룸에 들어왔습니다. 그랬더니 그놈이 떡하니 돌아다니고 있더군요."

―…광명그룹? 그래도 괜찮겠어?

"거짓말은 아니니까 상관없습니다."

—아아, 맞아. 자네는 원래 광명그룹의 아들이었지? 내가 왜 그 사실을 잊고 있었을까?

"저도 깜빡깜빡합니다. 제가 그 집의 아들이라는 것을 말입니다."

—하하, 어머니가 들으면 서운해하시겠군.

"아무튼 간에 저놈들을 잡아 족치려면 지금이 최적기입니다."

—그렇지만 입구에서부터 막힐 텐데 무슨 수로 저놈들을 잡나?

"흠……."

가만히 생각에 잠겨 있던 그에게 번뜩이는 아이디어가 떠올랐다.

"제게 좋은 생각이 있습니다."

—한번 말해보게나.

"기왕지사 집안을 팔아먹은 김에 한 번 더 팔아먹어야겠습니다."

—팔아먹어?

"맡겨두십시오. 경무관님께선 밖에서 대기하고 계십시오. 제가 지인을 보내겠습니다."

—…정말 괜찮은 작전인 거지?

"글쎄요, 일단 뚜껑은 열어봐야 알 것 같네요."

—그래. 죽 쑤는 것보다야 훨씬 낫겠지 뭐.

강제는 강유에게 전화를 걸었다.

뚜우—

몇 번의 신호음이 가더니 이내 그가 전화를 받았다.

—작전 중이라고 하지 않았나?

"맞아. 작전 중이야. 근데 형의 도움이 좀 필요해."

—무슨 도움?

"러시아 지사에 전화해서 화물차를 좀 대절해 줄 수 있어?"

—뭐? 그게 무슨 소리야?

"잘 들어……."

강제는 강유에게 작전을 설명하였고 강유는 실소를 흘렸다.

—후후, 최강제. 생각보다 머리가 좋은데?

"내가 원래 잔머리는 잘 돌아가잖아."

—그래, 알겠다. 내가 지금 당장 준비해 주마.

"고마워."

—별말씀을.

강유는 강제의 말처럼 러시아 지사로 전화를 걸어 여러 가지 지시를 전달하였다.

*　　*　　*

늦은 밤, 서울 엘라튼 호텔 스카이라운지로 한 여성이 찾아 왔다.

또각, 또각…….

아찔한 높이의 힐을 신은 그녀는 라운지의 입구에 있던 바텐더에게 말을 걸었다.

"사람을 찾아왔는데요."

"찾으시는 분의 성함이 어떻게 되시지요?"

"자유 시간이요."

"누, 누구요?"

"자유 시간. 초코바 상호와 같은 단어 말이에요."

바텐더는 그제야 '아하!'라는 표정으로 화이트보드에 이름을 적기 시작하였다.

이윽고 바텐더는 화이트보드를 가지고 스카이라운지를 돌아다녔다.

땡, 땡!

화이트보드 아래엔 작은 종이 하나 달려 있었는데 그것을 울리고 다니면서 아주 잠깐씩 주의를 집중시켰다.

잠시 후, 그가 적어놓은 단어에 화답하는 사람이 한 사람 나왔다.

손을 번쩍 든 그를 향해서 그녀가 걸어간다.

또각, 또각…….

아찔한 하이힐이 익숙한 모양인지 남자는 별 대수롭지 않게 하던 행동을 계속한다.

그는 스카이라운지에서 포크커틀릿에 후추를 뿌려 허겁지겁 먹고 있었는데, 그녀가 걸어와 앉는 동안에도 먹기 바빠 고개도 들지 않았다.

"사람이 왔으면 좀 쳐다보지 그래?"

"그래야 하나? 지겹게 보는 얼굴 좀 안 쳐다보면 어때서?"

"역시, 사람은 변하지 않아. 특히 너 같은 인종은 말이지."

"잘 아는군."

그녀는 남자의 앞에 파일을 하나 올려놓았다.

툭.

"사람 얼굴은 안 봐도 이건 보겠지?"

"네가 말했던 그것인가?"

"응."

"그렇다면야……."

밥을 먹다가 말고 파일을 집으려던 그의 손목 바로 옆에 포크커틀릿을 자르는 칼이 날아와 꽂힌다.

퍽!

순간, 그의 얼굴이 와락 일그러졌다.

"미쳤어…? 여기가 아프가니스탄인 줄 알아?"

“아프가니스탄은 아닌데 네가 행동하는 본새가 뭣 같아서 말이지.”

“여전히 까칠하군.”

그녀는 그의 앞에 손바닥을 펼쳐 내밀었다.

“오는 게 있으면 가는 게 있는 법 아닌가?”

“선금을 달라고?”

“누구는 땅 파서 장사하는 줄 알아?”

“난 네가 창세기 멤버로서 자긍심을 가지고 있는 줄 알았는데. 그건 아니었나 봐?”

“내가 너희들 같은 종말론자로 보여? 난 그냥 키워준 정이 있어서 그것을 갚았을 뿐이야. 계산 끝났으면 이제 갈 길 가야지. 안 그래?”

“…냉정한 여자야.”

그는 스위스은행의 로고가 박힌 USB를 건넸다.

“은행이 망하지 않는 이상 돈은 어디 도망가지 않아. 이 정도면 됐나?”

“패스워드는?”

“89125Q1322*이야.”

“오케이. 잘 알았어.”

그제야 서류를 넘긴 그녀는 더 이상 볼일이 없다는 듯이 일어났다.

"그럼 난 이만."

"식사는?"

"됐어. 피차 마주 보고 앉아 다정하게 식사할 사이는 아니잖아?"

"이것 참, 내가 한번 상처 줬다고 너무 차갑게 대하는 것 아니야?"

"…닥쳐. 눈구멍을 확 파버리기 전에."

남자는 고개를 가로저었다.

"후우, 그래. 아무튼 손바닥 뒤집듯 조직을 배신하는 놈에게만 붙지 마. 내가 마지막으로 해줄 수 있는 유일한 충고야."

"내가 미쳤어? 그놈이나 네놈이나 거기서 거기인 놈들인데."

"후후, 그래. 알면 됐어."

"난 간다."

두 사람은 더 이상 눈도 마주치지 않고 각자의 할 일에만 집중하였다.

외전

행복을 주는 사람

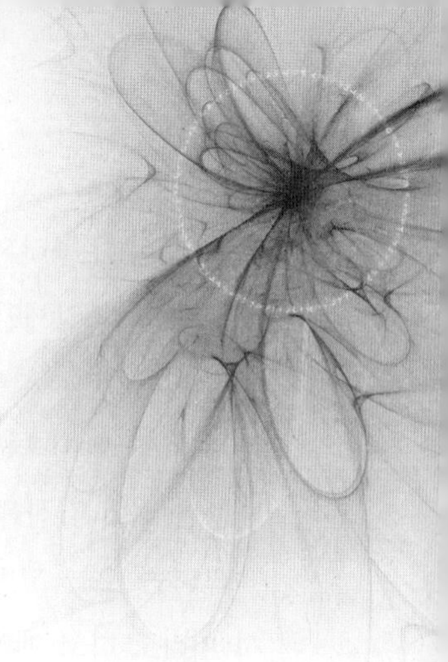

3월의 늦은 밤, 이슬비가 내리고 있다.

후두두두둑…….

야차 중대의 주축이자 중대장의 전령인 강하나 소령이 대전 둔산동 지하 통로 앞을 기웃거리는 중이다.

그녀는 검은색 포장지에 빨간색 리본으로 포장된 상자를 들고 짐짓 심각한 표정을 짓고 있었다.

"받아주실까……?"

강하나는 자신의 상관이자 동경의 대상인 화수에게 초콜릿을 선물할 생각이다.

원래 이 초콜릿은 2월 14일 발렌타인데이에 줄 생각이었지만 화수의 피앙세인 차성희 때문에 엄두도 내지 못하고 지금까지 미루었다.

무려 한 달이 넘도록 초콜릿 하나를 가지고 끙끙거리던 그녀는 마침내 결심을 한 것이다.

그녀는 오늘 고백을 위해 나름대로 치마도 입고 미용실에서 머리도 하고 메이크업도 받았다.

어설프긴 하지만 그런대로 봐줄 만하다는 생각이 들기는 했다.

거울에 비친 자신을 바라본 그녀는 결연한 표정을 지어 보였다.

"차이면 차이는 대로 그렇게 살아가야지. 아자, 파이팅!"

혼자서 마음을 다잡고 한껏 파이팅을 불어넣던 그녀의 뒤로 거대한 그림자가 다가왔다.

"거기서 뭐하나? 강하나 소령."

"커헙!"

하나는 그를 보자마자 당황해서 무심코 경례가 올라갔다.

"충, 서엉!"

"그래, 충성. 그런데 밖에서 이렇게 군기가 바짝 든 모습을 보일 필요는 없어. 그냥 묵례만 해도 괜찮은데 말이야."

"아닙니다! 그래도 장군이신데……."

"장군이고 뭐고 밖에선 그냥 직장 상사, 혹은 동네 아는 오빠 동생 아닌가?"

"그렇긴 한데……."

"뭐, 편한 대로 해. 나야 어느 쪽이든 상관없으니까."

화수는 그녀의 손에 쥐어진 상자를 가리키며 물었다.

"근데 그건 뭐야? 선물이야?"

"…아닙니다!"

"그래?"

그는 하나의 행동을 별 대수롭지 않게 넘겼다.

"그나저나 하고 싶다는 말이 뭐야?"

"그, 그게……."

처음엔 용기를 내야겠다고 마음을 먹었었지만 막상 그의 얼굴을 보고나니 도저히 말문이 막혀서 입이 떨어지지 않는다.

그녀는 끝내 고백을 하지 못했다.

"수, 술 한잔 사주십시오!"

"뭘 사달라고?"

"술 말입니다. 안 되겠습니까……?"

화수는 실소를 흘렸다.

"훗, 싱거운 녀석이야. 강하나라는 녀석은 가끔 사람의 맥을 빠지게 하는 매력이 있어."

"죄, 죄송합니다!"

"죄송할 것 없어. 비가 오면 술이 막 당길 수도 있는 법이지."

"아, 네……."

그는 하나를 술집으로 안내했다.

"술이 마시고 싶다니… 으음, 오늘 같은 날엔 칵테일인가? 아님 위스키?"

"아무것이나 좋습니다."

"그래, 그럼 오늘은 칵테일이나 마시자고. 내가 자주 가는 정통 칵테일 바가 있어. 거기 주인장이 유럽에서 칵테일 유학을 갔다 왔다고 하더군. 그래서 그런지 맛이 아주 기가 막혀."

"예, 그럼 그곳으로 가시지요."

"그래, 오늘은 모처럼 한잔 하자고!"

화수는 그녀의 어깨에 손을 척 올렸다.

'허, 허엇……!'

그의 습관 중에 가장 흔한 것이 바로 어깨동무인데 화수는 남녀를 불문하고 친하다고 생각하는 사람에겐 어깨동무를 한다.

물론, 연인인 성희와 하는 포즈와는 아주 많이 다르긴 하지만 그래도 나름 스킨십이라 생각하면 가슴이 뛰는 하나다.

그렇지만 한편으론 아무런 사심 없는 스킨십이라 생각하면 어쩐지 자신이 비참해지곤 한다.

'그래, 대장님은 남동생들이나 동료들과도 이런 모습을 자주 보이시지.'

약간 풀이 죽었던 그녀이지만 이내 힘을 낸다.

"대장님!"

"응?"

"사실, 이건 대장님에게 드리려던 선물입니다!"

"선물? 정말?"

"2월에 상납의 초콜릿을 준비해 놓고 바빠서 드리지 못했지 뭡니까?"

"하하, 상납이라니. 이거 김영란법에 위배되는 것 아니야?"

"그렇지 않습니다. 제가 만든 것이라서요."

"오오, 수제? 꼬맹이가 제법이군?"

"감사합니다!"

화수는 진심으로 기뻐하였다.

"이야, 그래! 오늘은 정말로 술을 진하게 한잔 사야겠군. 마시고 싶은 마셔! 아주 배 터질 때까지 사줄 테니까!"

"예, 알겠습니다! 전투적으로 마셔보겠습니다!"

"그래그래!"

그녀는 오늘 짧은 치마도 입고 화장도 했지만 역시 포기할 수밖에 없었다.

'대장님은 허들이 너무 높아. 큰오빠도 아니고 큰형의 포스라니, 어쩔 수 없지 뭐.'

하나는 진정 전투적으로 술을 마셔볼 참이다.

*　　*　　*

10월의 어느 늦은 밤.

충남대학교 응급실에서 곡소리가 울려 퍼져 나왔다.

"흑흑, 아빠!"

"이렇게 그냥 가버리면 우리는 어떻게 하라고! 아빠!"

네 딸의 아버지이자 한 가정의 가장이며 성실한 굴삭기 운전기사였던 강희전은 집으로 돌아오던 길에 사고를 당하여 그 자리에서 즉사하였다.

동료들과 술을 한잔 거나하게 마시고 돌아오던 길에 신호위반으로 달려오던 택시에 치여 사망한 것이다.

강희전의 동료들은 그의 사고현장을 똑똑히 목격하였지만 도망친 택시를 붙잡지는 못했다.

결국 강희전은 30년 동안 뼈가 빠져라 자식들 먹여 살리느라 고생하고 뺑소니 차량에 치여 허무하게 생을 마감한 것이었다.

동료들은 번호판을 제대로 확인은 못 했지만 주변의 CCTV가 몇 대 있었다고 증언하였다.

아마 경찰수사가 어느 정도 진행된다면 범인은 잡겠지만 이미 저승으로 건너 가버린 그를 구할 수는 없을 것이다.

한창 곡소리가 울려 퍼지는 가운데 응급실 앞으로 헬기 한 대가 날아들었다.

헬기에선 강희전의 둘째 딸인 강하나 대위가 타 있었고, 그녀는 동료들과 함께 응급실로 뛰어 들어왔다.

강하나 대위에게 그녀의 자매들이 다가왔다.

"흑흑, 하나야! 우리 아빠 어떻게 해?!"

"…언니, 우리 이제 어떻게 해?!"

"아빠는……."

"저쪽에 누워 계셔."

떨리는 걸음으로 아버지를 찾아간 하나는 흰색 천으로 얼굴을 덮어놓은 주검 앞에 섰다.

그녀는 이미 작고한 부친의 손을 잡아보았다.

"……."

차가웠다.

거칠지만 따뜻하고 투박하지만 든든했던 아버지의 손이 이제는 싸늘하게 식어 미동조차 하지 않았다.

결국 하나는 무너져 내리고 말았다.

"끄흐으으윽……!"

군인의 신분으로서 강하고 열심히 살아야겠다고 다짐했던 그녀의 결심이 한순간에 무너져 내린 순간이었다.

하나가 한참을 울고 있을 때, 부대장인 화수가 담당 의사를 만났다.

"안녕하십니까? 강하나 대위의 상관인 강화수 대령이라고 합니다."

"아, 예. 안녕하십니까?"

"지금 강하나 대위의 부친께선……."

"11시 13분에 사망하셨습니다."

"원인은 뭡니까?"

"두개골 파열로 인한 뇌 손상 및 척추 손상, 장기 파열 등등……."

"차에 치였다고 하셨습니까?"

"신호 위반으로 달려오던 차량에 전속력으로 치였다고 합니다. 시속 몇 ㎞였는지 알 수는 없습니다만, 환자께서 저 지경이 되신 것을 보면 규정 속도는 물론이거니와 고속도로의 제한속도까지 넘긴 것으로 보입니다."

"그렇군요."

잠시 후, 경찰이 화수에게 다가왔다.

"수고하십니다. 경찰입니다."

"아, 예. 저는 피해를 입으신 선생님의 둘째 딸 상관입니다. 강화수 대령이라고 합니다."

"그렇군요. 지금 따님께서 말씀을 듣기 힘드신 상황 같은데 괜찮으시면 얘기를 좀 나눠도 되겠습니까?"

화수가 경찰과 대화를 나누기 전에 하나와 자매들에게 물었다.

"집안의 다른 어른들은?"

"없습니다……."

"그럼 오빠나 남동생은?"

"없습니다."

"흠."

하나의 언니인 주나가 화수의 손을 붙잡고 부탁했다.

"도와주세요… 저희들은 뭐가 뭔지 아무것도 모르겠어요."

아버지를 잡고 오열하던 하나는 비틀거리며 걸어 나왔다.

"아니야, 내가 할게. 내가 알아서……."

화수는 그녀를 만류하였다.

"됐어. 내가 알아서 할 테니 아버님을 영안실로 옮기도록 하게. 형제들도 좀 챙기고."

"감사합니다, 대장님……."

"별소리를 다 하는군."

이윽고 화수는 형사들과 함께 조용한 장소로 향했다.

* * *

그날 밤, 하나와 자매들이 소복을 입은 채 빈소에 앉았다.

"흑흑, 아빠……."

"그만 울자. 아빠의 조문객들도 모셔야지."

"흑흑, 그렇지만……."

하나는 세 명이나 되는 자매들을 건사하려니 힘이 들었다.

아버지가 돌아가신 슬픔도 크지만 자신을 의지하는 자매들을 돌보는 것도 쉽지는 않았던 것이다.

그런 가운데 장례식 절차까지 생각하려니 머리가 복잡해졌다.

"후우……."

힘에 겨워 쓰러질 것 같던 그녀에게 상복을 입은 화수가 다가왔다.

"강대위, 잘하고 있지?"

"대장님……."

"알아보니 아버님이 생전에 상조회사에 가입을 안 하셔서 장례식장에서 주도하는 서비스를 신청했어. 수의나 관은 좋은 것으로 해드렸으니 걱정하지 말고."

"감사합니다. 제가 했어야 하는 일을……."

"그런 말이 어디 있나? 야차 중대의 일원이면 내 가족이고 형제인데. 앞일은 내가 알아서 할 테니 자네는 형제들이나 잘 챙겨."

잠시 후, 빈소의 식당에 사람들이 들어오고 육개장과 밥 짓는 냄새가 조금씩 풍겨오기 시작했다.

화수는 하나가 형제들을 다독이고 있는 동안 알아서 장례식을 주관하고 조문객 맞을 준비까지 모두 마쳤던 것이다.

"구청에 있는 친구에게 알아보니 대전 외곽에 좋은 납골당이 있다더군. 화장을 할 것이라면 그곳에 모시고 매장을 할 것이라면 자운대 인근에 양지바른 곳에 모시도록 하자고. 수목장을 할 것이면 몬스터가 들끓지 않은 안전지대로 모시고 수장을 할 것이라면 적당한 장소를 다시 물색하고."

"…화장이 가장 좋겠습니다."

"그래. 그럼 지금 전화해서 삼일장 끝나면 곧바로 모실 수 있도록 해놓겠네."

장례뿐만이 아니라 그 이후의 일도 요목조목 다 준비를 해둔 화수 덕분에 그녀는 한시름 덜게 되었다.

"감사합니다, 정말 감사합니다……."

"무슨 그런 소리가 다 있나? 이제 곧 동료들이 올 거야. 조의금은 최지하 원사가 받을 거야. 괜찮지?"

"물론입니다……."

"아무튼 힘내자고. 힘들면 좀 자고 나와서 다시 빈소를 지키도록 하고."

"예, 알겠습니다."

화수는 언제나 그랬듯, 그녀가 힘들면 어깨를 두드려 주었다.

탁탁…….

“힘내. 자네가 무너지면 언니와 동생들은 누가 건사하나?”

“예, 대장님. 힘내겠습니다.”

“그래. 장하다.”

어제의 눈물 이후론 울지 않고 버티던 그녀는 어쩐지 가슴이 먹먹해졌다.

화수가 자신을 이렇게까지 위하는 줄은 미처 몰랐기 때문이다.

‘참아야지. 나중에 울자. 오늘은…….’

눈물을 꾹 참고 있던 그녀의 눈물샘을 자극하는 사람들이 또 모여들었다.

검은색 상복을 입은 야차 중대의 동료들이 우르르 몰려왔던 것이다.

그중에서도 하나를 가장 위하고 아끼는 최지하를 보자마자 그녀는 왈칵 눈물을 쏟고 말았다.

“우리 꼬맹이, 괜찮아?

“크흐흑! 흑흑!”

“그래, 울어. 이것도 참으면 응어리가 되는 거야. 다 풀어질 때까지 울어.”

최지하가 그녀를 안고 있을 무렵, 야차 중대의 동료들은 알아서 자신의 할 일을 찾아 나섰다.

제이나는 동료 몇 명을 데리고 식당으로 가서 자리를 정돈하고 황문식은 방문 기록부와 조문함 등을 점검하고 빠진 것을 채워 넣었다.

김태하와 김재성은 조문객들이 시간을 보낼 수 있도록 화투와 카드 등을 준비하고 술도 한가득 채워 넣었다.

하나는 형제들을 대신하여 장례를 치러주는 동료들이 너무나도 고마웠다.

그리고 누구보다 먼저 자신을 위로하고 장례를 대신 치러 준 화수에게 감사하였다.

"…평생을 두고 감사하겠습니다."

"별소리를 다하네. 오늘은 그냥 좀 기대도 괜찮아. 이러라고 동료들이 있는 거잖아?"

"흑흑……."

"그래, 울어."

최지하는 강하나를 안고 한참을 위로해 주었다.

* * *

장례 삼 일째, 야차 중대원들은 조금 수척해진 얼굴로 운구대열에 섰다.

운구 대열에서 사진을 든 사람은 화수였고 관을 든 사람은 김태하, 김재성, 황문식, 정은우였다.

자운대에서 끌고 온 장례용 리무진에 관을 입관시키는 길에는 수렵 사령부의 장성들과 투병 중인 최성수 대령도 자리를 함께했다.

그들은 관을 입관시키는 데 직접 국화를 넣고 묵념하였고 최성수는 휠체어를 타고 있음에도 불구하고 90도로 고개를 숙였다.

"이렇게 훌륭한 여식을 키워주셔서 감사합니다. 그리고 인류의 발전에 이바지하는 군인으로 주셔서 감사합니다. 이 은혜는 제가 하늘에 가서 반드시 갚겠습니다."

이제는 살이 너무 많이 빠져 피골이 상접한 최성수였지만 끝까지 강인함을 잃지 않았다.

그 뒤로 운구를 마친 화수와 그 동료들이 2열로 섰다.

"부대, 차렷!"

좌락!

"경례!"

고인의 가는 길에 경례를 올린 화수는 깊게 묵념하였다.

"부디 가시는 길 편하게 가십시오. 지금까지 너무나도 감사했습니다. 앞으로 강하나 대위는 우리 야차 중대 형제들이 돌보겠습니다."

"편히 가십시오!"

차량에 운구를 마친 대열이 빠지고 나자, 군용 버스가 유가족과 조문객을 태우기 위해 다가왔다.

운구 차량을 타고 납골당으로 가는 동안에도 야차 중대원들은 끝까지 엄숙한 분위기를 유지하였다.

그리고 마침내 납골당에 도착하여 발인의 현장에 닿았다.

발인의 현장에는 고인의 마지막 모습을 볼 수 있는 통유리관이 설치되어 있었다.

—아버님의 마지막 모습을 보실 유리관입니다. 가시는 길에 잘 가시라고 인사해 주십시오.

하나와 자매들은 목 놓아 아버지의 이름을 불렀다.

"흑흑, 아빠!"

"아빠, 미안해! 정말 미안해! 우리가 조금 더 잘했어야 했는데, 너무 미안해!"

그 모습을 바라보는 야차 중대원들의 눈시울도 붉어졌다.

동료의 부친을 보내는 현장에서 슬픔을 함께 나누고 있었던 것이다.

화수는 틈이 날 때마다 묵념하며 고인의 마지막 길을 함께 하였다.

그리고 발인이 끝난 후엔 고인의 육신을 담은 유골함이 납골당에 안치되어 장례식 절차가 모두 마무리되었다.

야차 중대는 장례식이 끝난 후, 모두 모여 소주를 한잔 마시기로 했다.

"모두 욕봤다. 소주나 한잔 하자고."

"예, 대장님."

그는 하나에게도 의견을 물었다.

"자네도 한잔 할 텐가? 이제 절차는 모두 끝났어."

"아닙니다… 형제들을 데리고 집으로 돌아가야지요."

화수는 씁쓸하게 웃었다.

"그래, 그렇게 해. 아무튼 힘내. 자네가 이제는 이 집안의 기둥 아닌가?"

"예……."

"열흘간 휴가를 줄 테니 출근하지 말게. 어차피 작전도 없는데 회사에 나와서 뭐하겠나? 당분간 좀 쉬면서 추스르라고. 시간이 더 필요하면 말하고."

"감사합니다."

"그럼 들어가 보게."

"예……."

화수는 동료들을 데리고 술집으로 가려다가 이내 발걸음을 다시 돌렸다.

"아니다, 하나!"

"예……?"

"내가 자네들을 데려다 줄 테니 함께 집으로 가자고."

"아닙니다. 그냥 택시를 타고……."

"소복 차림으로 무슨 택시를 타고 집까지 가겠나? 내 차를 타고 움직이자고. 저치들은 어차피 한 장소에서만 술을 마시니 나 없어도 시작은 할 수 있을 거야."

하나는 한 떨기 눈물을 떨어뜨렸다.

"…감사합니다. 정말 끝까지 저를 챙겨주시네요."

"말하지 않았나? 형제라고. 말만 형제라고 씨부리면 그게 어디 남자인가? 아무튼 가지."

그는 하나와 자매들을 모두 데리고 장례식장을 떠났다.

*　*　*

장례식이 끝난 그날 밤, 화수가 하나의 집 앞으로 찾아왔다.

그는 하나의 집 앞에 몰래 피자와 치킨을 놓고 가려다가 선잠에서 깬 하나와 자매에게 그만 발각되고 만 것이었다.

잠옷 차림으로 나온 하나의 앞에 선 화수가 멋쩍게 웃었다.

"하하, 아직 안 자고 있었나?"

"잠이 안 와서 자다가 깼습니다."

"그렇군. 이렇게 선잠에서 깨어 배가 출출할 때 먹으라고 야식을 사 왔는데 그만 들키고 말았군. 이런, 민폐가 된 것 아닌가?"

그녀는 고개를 가로저었다.

"아닙니다. 그럴 리가 있습니까? 저희들을 생각해서 하신 일인데요."

"그리 이해해 주니 고맙군."

이윽고 잠에서 함께 깬 하나의 언니와 두 동생이 걸어 나와 화수의 앞에 섰다.

"어머나, 우리 대령 오빠 아니에요?"

"아직 안 자고 계셨군요."

"오셨으면 들어오시지 않고요."

"우와, 치킨이야? 안 그래도 배고팠는데 잘됐다!"

이제 중학생, 고등학생인 하나의 동생들은 슬픔에 젖어 있음에도 불구하고 식욕이 왕성해 보였다.

아니, 어쩌면 슬픔을 이기기 위해서 더욱 음식을 찾는 것일지도 몰랐다.

화수는 자신이 한 번 겪어봤던 일이기에 그 슬픔을 어떤 방식으로 극복하는지 너무나도 잘 알고 있었다.

그렇기 때문에 이렇게 야밤에 먹을 것을 사 들고 찾아온 것이었다.

하나는 그런 화수의 마음이 느껴지면서 또다시 눈물이 왈칵 차오를 것 같았다.

하지만 그녀는 꿋꿋이 미소를 지었다.

"대장님, 일단 좀 들어오세요. 여기서 이러고 계실 수는 없잖습니까?"

"그럼 그럴까?"

화수가 집에 들어온다는 소리를 들은 두 동생은 마치 아버지를 따르듯 화수를 따랐다.

"아저씨, 그런데 술 냄새가 많이 나네요. 술 마셨어요?"

"동료들과 한잔 했어. 의리든 뭐든 간에 그놈들도 고생을 했으니까 한잔 마신 것이지."

"그렇군요. 근데 이상하게도 아저씨 술 냄새가 싫지가 않네. 꼭 우리 아빠 같아서 그런가?"

"그런 것 같아!"

벌써부터 아버지의 빈자리를 느끼는 이 두 소녀를 바라보며 화수는 측은한 눈빛을 냈다.

하지만 그는 그런 티를 전혀 내지 않았다.

"그나저나 아저씨 말고 오빠는 좀 그런가?"

"에이, 나이 차이가 얼마인데요! 잘못하면 아빠 소리 들을 판인데?"

"하하, 그런가?"

하나는 이상하게도 화수의 미소를 보는 순간, 불현듯 가슴이 두근거렸다.

두근!

'내가 미쳤나? 아빠가 떠난 지 얼마나 되었다고……?'

그녀는 고개를 절레절레 흔들어보았으나 이미 한번 두근거린 심장은 좀처럼 가라앉지 않았다.

*　　　*　　　*

늦은 밤, 화수가 칵테일 잔을 두고 하나와 마주 앉아 있었다.

그는 연신 미소를 지으며 그녀를 바라보았다.

"그나저나 자네는 왜 남자를 안 만나? 군인이라고 남자 새끼들이 까다롭게 구나?"

"그런 것 같기도 합니다."

"그래? 으음, 그 새끼들도 참 보는 눈이 없군. 우리 꼬맹이도 찬찬히 뜯어보면 참 괜찮은 여자인데 말이야."

화수는 바텐더이자 가게의 주인장에게 물었다.

"이봐요, 주인장."

"네."

"우리 막내 어때요? 괜찮지 않아요?"

"미인이시네요."

"그렇지요? 평소엔 군복을 입고 다녀서 그렇지 이렇게 화장하고 치마를 입혀놓으니 천생 여자야."

"하하, 말씀하시는 투가 무슨 아버지를 보는 것 같습니다."

"음, 아버지는 좀 그렇고 큰오빠의 느낌이라고나 할까? 아무튼 우리 꼬맹이를 누가 좀 데려가야 할 텐데 말입니다."

"곧 좋은 짝이 생기겠지요. 보아하니 미모도 출중하고 장교면 누가 데리고 가도 데리고 갈 겁니다. 정 뭐하시면 선 자리를 주선하시든지요."

"그것도 아주 나쁜 방법은 아닌데 아직까지 나이가 어려서 그 정도까진 생각 하지 않습니다."

"으음, 그렇군요."

마치 자신의 친동생인 양 세세하게 말하는 화수를 바라보며 하나는 쓴웃음을 지었다.

'정말 빠져나갈 구멍이 하나도 없네.'

두 사람이 하나의 혼사에 대해 얘기하고 있을 무렵, 바의 문이 열리며 경리부 진영월이 들어왔다.

진영월은 화수를 바라보며 어색하게 웃었다.

"사, 사장님?"

"진영월 씨? 술 마시러 온 건가요?"

"네, 사장님. 우연도 이런 우연이……."

"이것도 인연이라면 인연이지."

그는 영월에게 술자리를 권했다.

"오늘 제가 우리 강하나 이사에게 술 한잔 사고 있는데 생각 있으면 함께 마십시다."

"그래도 될까요?"

"앉아요. 강 이사, 괜찮지?"

"아, 예……!"

회사에선 이사의 직함을 가지고 있는 하나이기 때문에 영월에겐 자칫 부담이 될 수도 있는 자리였다.

사장에 중역까지 함께하는 술자리라니, 부담이 되지 않으면 그것이 더 이상한 일일 것이다.

그렇지만 영월은 그 모든 것을 감수하고 자리에 앉았다.

화수는 그녀에게 술을 한 잔 돌렸다.

"우리는 마티니 마시고 있는데 어떤 것으로 마실래요?"

"같은 것으로 하겠습니다."

"주인장, 여기 마티니 한 잔이요."

"네, 갑니다!"

자신을 사장이나 아저씨로 부르는 것보다는 주인장이라고 부르는 것을 더 좋아하는 그는 익숙하고 숙련된 솜씨로 마티니를 제조하여 그녀에게 건넸다.

화수는 주인장의 마티니를 마구 찬양하기 시작한다.

"이 마티니가 그냥 마티니가 아니고 물 건너 온 마티니입니다. 이런 물건은 돈을 주고도 못 마신다고요."

"하하, 그 정도로 띄워주시면 제가 좀 곤란해집니다."

"사실인데요, 뭘. 아무튼 쭉 마셔요."

"네, 감사합니다."

영월은 술잔을 받아 넘기는 동안에도 자꾸만 화수의 눈치를 보았다.

하나는 그녀의 눈빛에서 뭔가 오묘한 기류를 느꼈다.

'감이 좋지 않은데……?'

짝사랑을 하는 사람은 짝사랑하는 사람을 구별할 수 있는 눈이 생긴다.

자신이 짝사랑을 하고 있기 때문에 뒤에서 그를 바라보는 눈길이 어떤지, 혹은 그를 의식하는 모습은 어떤지 누구보다 잘 알고 있는 것이다.

그녀가 보기에 영월은 확실히 화수의 눈치를 요상하게 살피고 있었다.

'맞아, 저 여자도…….'

사실은 영월 역시 화수를 좋은 감정으로 보긴 하지만 조금 다른 감정을 가지고 있었다.

영월은 화수가 처음 요정에 갔다가 접대를 받지 않고 그냥 나온 손님이라는 사실을 익히 잘 알고 있었던 것이다.

내색은 안 했지만 영월은 지금 아주 딱 죽을 맛이었다.

'능력 좋고 잘생기면 뭐하나? 잘못 걸리면 아주 끝장날 남자인데…….'

그런 느낌에서 우러나오는 이 표정을 하나는 다른 쪽으로 해석하였다.

그녀는 영월에게 다가갔다.

"진영월 씨라고 하셨나요?"

"아, 네!"

"얼굴은 자주 못 봤지만 서로 안면은 있죠?"

"물론입니다! 이사님이시니 저는 잘 압니다. 이사님께선 어떨지 모르겠지만……."

하나는 영월을 측은한 눈으로 바라보았다.

"한 잔 더 할래요?"

"네, 네?"

"술잔이 빈 것 같아서요."

"아, 예!"

순간, 영월은 이게 도대체 무슨 일인가 싶었다.

'설마하니 내 과거를 아는 사람인가?! 그런데 여자가 어떻게…? 이사라니까 혹시 접대를 보냈다가 내 얼굴을 본 적이 있나? 하지만 나는 강남에서 일했던 여자인데……?'

1초에도 천국과 지옥을 몇백 번씩 오가는 그녀의 표정은 하나가 보기엔 자신과 동병상련이었다.

"힘내요."

"네, 네?"

"이 또한 지나가리라, 그런 말도 있잖아요?"

"…그, 그렇지요."

하나는 그녀의 귓가에 속삭였다.

"…이해해요. 그러니 내 앞에선 굳이 숨기거나 속으로 괴로워하지 않아도 괜찮아요. 맹세하건대, 이 세상 누구에게도 발설하지 않습니다. 장교로서 약속하지요."

"저, 정말요?"

"당연하죠."

영월은 하늘이 무너지는 기분이 들었으나 한편으로는 안심이 되기도 했다.

'하긴, 그걸 알고 나에게 위해를 가하려 했으면 진즉 내치고도 남았겠지. 하지만 그런 성격은 아닌 것 같아.'

그녀는 조금은 촉촉해진 눈으로 웃었다.

"…감사합니다. 이 은혜는 결코 잊지 않을게요."

"같은 여자끼리 무슨 은혜를 찾아요? 그 마음 이해해요. 나 또한 그랬으니까요."

영월은 고개를 갸웃거렸다.

"자, 장교라고 하지 않으셨나요?"

"맞아요. 현직 장교지요."

"그런데 그런 과거가……."

"과거가 아니라 현재 진행형이에요. 장교는 사람 아닌가요? 누군가에게나 사정은 있는 법이죠."

영월은 화들짝 놀랐다.

"어머나, 그럼……."

"그래요. 그러니 걱정하지 말아요. 내 일은 곧 당신의 일이니까."

그녀는 의외라는 듯이 하나를 바라보았다.

"그럴 것 같지는 않은데……."

"이 세상에 그럴 것 같은 사람도 있어요?"

"하긴."

"아무튼 건배해요. 동병상련끼리 마셔야죠."

"아, 예!"

영월은 오늘 중요한 사실을 하나 깨달았다.

'장교라고 화류계에 몸담지 말라는 법은 없구나!'

화수는 주인장과의 정다운 얘기에 시간이 가는 줄 몰랐고 두 여자는 서로의 착각 속에서 계속 술을 퍼마셨다.

『현대 천마록』 10권에 계속…

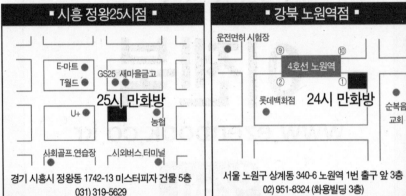

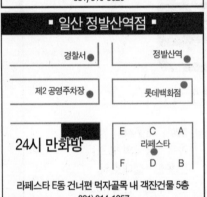

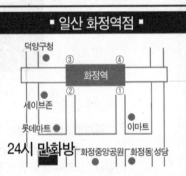

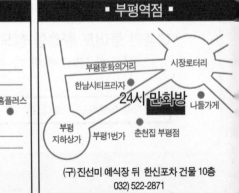

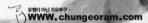

FUSION FANTASTIC STORY

서산화 장편소설

Miracle Direction 기적의 연출

천재 영화감독, 스크린 속 세상을 창조하다!

『기적의 연출』

대문호 신명일과 미모로 손꼽히던 여배우 김희수의 아들 신지호.

일가족은 불운한 사고로 인해 크나큰 비극을 겪는다.

이 사고로 섬광 기억(Flashbulb memory)이라는 능력을 얻게 된 그 순간!

그의 모든 게 달라졌다.

"배우의 혼을 이끌어내고, 관중의 영혼을 붙잡아야 합니다.
그게 제 목표입니다."

완전한 감독을 꿈꾸는 신지호.
이제 그의 영화가, 세상을 홀린다!

Book Publishing CHUNGEORAM

유행이 아닌 자유추구 - WWW.chungeoram.com